伟大的思想

GREAT IDEAS

ON THE SUFFERING OF THE WORLD

论世间苦难

［德］阿图尔·叔本华 著

刘 彤 译

中国出版集团
中 译 出 版 社

图书在版编目（C I P）数据

论世间苦难 / (德) 阿图尔 · 叔本华著 ; 刘彤译
.一 北京 : 中译出版社 , 2019.10（2020.1 重印）
（伟大的思想）
ISBN 978-7-5001-6041-0

Ⅰ. ①论… Ⅱ. ①阿… ②刘… Ⅲ. ①随笔一作品集
一德国一近代 Ⅳ. ① I516.64

中国版本图书馆 CIP 数据核字（2019）第 199611 号

（著作权合同登记：图字 01-2019-5464 号）

www.penguin.com
Parerga and Paralipomena first published 1850
First published in Penguin Classics as *Essays and Aphorisms* 1970
This selection first published in Penguin Books 2004

Taken from the Penguin Classics editions of *Essays and Aphorisms*, translated and introduced by R.J. Hollingdale
Set in Monotype Dante
Typeset by Rowland Phototypesetting Ltd, Bury St Edmunds, Suffolk

论世间苦难

著　　者：(德) 阿图尔 · 叔本华
译　　者：刘　彤
总 策 划：张高里
特约编辑：白　姗　赵　轩　　　责任编辑：刘香玲　王　梦
版式设计：索　迪　　　　　　　排　　版：北京竹页文化传媒有限公司
印　　刷：北京顶佳世纪印刷有限公司
经　　销：新华书店

出版发行：中译出版社
地　　址：北京市西城区车公庄大街甲 4 号物华大厦六层　100044
电　　话：(010)68359376,68359827（发行部）68359719（编辑部）
传　　真：(010)68357870
电子邮箱：book@ctph.com.cn
网　　址：http://www.ctph.com.cn

开　　本：760mm×950mm　1/32　　印　　张：4.625　字　　数：70 千字
版　　次：2019 年 10 月第 1 版　　印　　次：2020 年 1 月第 2 次
书　　号：ISBN 978-7-5001-6041-0　定　　价：216.00 元（全 8 册）

“伟大的思想”中文版序

企鹅“伟大的思想”系列丛书自2004年开始陆续面世，在英国、美国和德国均有出版。在英国出版品种最多，已付梓八十种，尚有二十种计划出版。该丛书在全球众多读者间，尤其是学生当中，普及了哲学和政治学，销量已远超二百万册。中文版“伟大的思想”的推出，是该系列的又一延续和发展，令人欢欣鼓舞。

推出这套丛书旨在让读者再次与一些伟大的非小说类经典著作面对面地交流。长久以来，此类书籍的出版都建立在这样一个假设之上——此类著作供学生课堂学习之用，因此需辅以导读、详尽的注释及参考书目等。此类版本无疑十分有用，但我想，如果某一版本能够重建托马斯·潘恩的《常识》或约翰·罗斯金的《艺术与人生》初版时的环境，为读者与作者营造更为亲密无间的氛围，使读者除了原作者及其自身的思考外没有其他参照，也许会更有吸引力。

但是，这一做法亦存在严重缺陷：每位作者的表述难免有难解或不可解之处，一些重要的背景知识或许也有所缺失。例如，读者对亨利·梭罗创作时的情形毫无头绪，也不了解该书的反响及影响。不过，这样做的优点也显而易见，最为显著的便是作者的初衷又一次受到重视——托马斯·潘恩的愤怒、查尔斯·达尔文的灵光、塞内加的隐逸。他们给许多国家的众多读者带来的生活影响难以估量，有的影响甚至长达几个世纪，几乎没有什么比阅读这些作家更令人拍案叫绝的了。倘若没有亚当·斯密或阿图尔·叔本华，将无法想象我们今天的世界。这些小书创作年代久远，但其中的话语彻底改变了我们的政治学、经济学、精神世界、社会规划和宗教信仰。

“伟大的思想”系列一直求新求变，地域不同，收录的作家亦不同。一些作家在中国或美国更受欢迎，而英国版“伟大的思想”收录的一些作家在其他国家和地区则鲜有人知。称其为“伟大的思想”，我们亦是慎之又慎。这些思想之所以伟大，在于其影响深远，但这并不意味着这些思想都是“好”思想，实际上一些书或可列入“坏”思想之列。丛书中收录的很多作家受到同样收录于该丛书的其他作家的巨大影响，例如，马塞尔·普鲁斯特承认受约翰·罗斯金影响很大，米歇尔·德·蒙田也承认深受塞内加影响。但也有些作家彼此憎恶，若发现彼此都被收录于同一丛书，一定会深感苦恼。至于他们思想的或“好”或“坏”，读者可自行判明。我们衷心希望，您可以享受阅读这些著作的乐趣。

“伟大的思想”出版者

西蒙·温德尔

目录

箴言集

导读

亚瑟·叔本华（1788—1860）是一位以无神论和悲观主义闻名于世的德国哲学家，是整个西方哲学传统中最杰出的悲观主义者。叔本华赞成一种否定欲望的生活方式，他认为，情感、身体和性欲都会带来痛苦。他的这种悲观哲思影响了许多思想家，其中包括尼采、维特根斯坦、爱因斯坦和弗洛伊德。

在《论世间苦难》中，叔本华称，如果我们生活的直接目的并非受苦，那我们的存在就是世界上与其目的最不相符的东西。换句话说，痛苦和不幸是生活惯例，而非特例。

就像时间只有在我们感到无聊时，才会停滞，仿佛河央戏水的孩童，欢乐的时光总是如风般匆匆而逝，可一旦被关进小书房里，哪怕是片刻橙黄的午后——听梧桐叶间的蝉声，看书桌上的黄纸黑字——也是难以打发和消磨的。

我们大部分时间都在工作、担心和痛苦，成了机械生物，麻木、茫然。可承受痛苦并不可怕，可怕的是人感受不到痛苦的侵扰，就好像瘫痪的双肢，哪怕被碾成齑粉，也不知道痛苦的存在，也看不到一丝反抗的生机。但即使所有愿望都得到满足，也会感到无聊或者想要自杀。这就是精神之苦难。

如果我们与年轻时的好友重逢，过去时光犹在眼前，那相见时，两人心中涌起的最强烈的感觉就是对人生的彻底失望。因为，在青春岁月玫瑰色的黎明下，人生曾多么美好，它曾许诺很多，如今却鲜少兑现。

面对这些苦难，叔本华认为，要有效地指引我们生活的方向，最有效的是调整自己，把世界当作赎罪之所，流放之地。这种生活观有一个好处：我们不会再惊讶地或愤慨地看待同胞的缺点与弊病。因为我们始终记住自我的位置，始终把生存着的每个人看作是罪孽的产物，被生下来是一种罪孽，而每个人的生活都是对这种罪孽的补偿与救赎。

生命迁流不定，万物变动不居，如此世间，幸福不值一想。我们的存在仅停留在短暂的现在，此外别无所依。世界本不该存在，因而人也不该存在。这些看似悲观的理论背后却隐藏着深刻的人生要义。叔本华的这种论调教会人们看清世界和他人，铭记一生的要事：宽容、耐心、尊重与悲悯，这些是我们每个人都需要也应当给予的。

书中有关现时的论述十分精彩。叔本华将现时同人生过程与目的捆绑，称大多数人回首一生时都会发现，自己一直活在过渡状态，即活在现时，而现时是暂时的，只是通往目的的途径。我们一生都在追求，但实则终其一生一无所获，因为所求之物一旦获得即觉空虚。目标一旦实现，愉悦随即消失。面对这样的问题，我们首先要认识到生命图景的本质，在叔本华看来它“犹如胡乱拼凑的图画，近看粗陋，要想显得美，只能远观”。叔本华用其惯用的悲观论调告诫人们“应尽力把生活看成一个泡影，一个幻灭的过程”。

所谓苦难，不过我们意志导向之必然，因为“随顺己愿的，我们从不注意或觉察”，也就是说，当我们注意和觉察时，我们的意志必先遭遇了某种挫折，经历了某种震惊。叔本华用他的方式还原了世间苦难的本质。

梁美令

随笔集

论世间苦难

1

如果我们生活的直接目的并非受苦，那我们的存在就是世界上与其目的最不相符的东西。世间充斥痛苦，欲求产生痛苦，这样如影随形、无穷无尽的悲苦困窘竟然毫无意义、纯属偶然，这样的设想未免荒谬。的确，个别的不幸是偶发事件，但不幸就总体而言却是定则。

2

正如一条平缓流动、无所遮拦的河，随顺己愿的，我们从不注意或觉察，这是人和动物的天性；若我们需注意到什么，那么我们的意志必先遭遇挫折，必先经历某种震惊。反之，举凡与意志相违、相妨、相抗，即一切不快不幸之事，总是立刻引起我们的重视，清楚直接。周身无恙，我们了无所知；但当方寸之躯被鞋夹痛，我们不去想整体的成功，反倒只想细枝末节，或那些不断激扰我们的事物。有鉴于此，我常要人注意：安乐幸福是否定性的概念，痛苦则是肯定性的概念。

因此，几乎所有形而上学都把恶解释成某种否定性的东西，这是我了解到的最荒谬之事。因为恶恰恰是肯定性的，是不言自明的；而善，即幸福安乐，则是否定性的，无非是欲的停止或痛苦的消除。

另一个证据是：通常我们感觉，快乐并不像我们所向往的那样强烈，而痛苦要比预料的强烈得多。

有人宣称，世间快乐多于痛苦，或两者至少相抵。欲验其真伪，可作一简单比较：一只动物正大嚼猎物，则食肉者与被食者的感受孰强孰弱？

3

每有悲苦不幸，最有效的安慰即是观察他人之不幸尤甚于我，此法人人可行。但就人类整体的不幸而言，这又有什么意义？

历史向我们展现了列国的存亡，但除战争与骚乱以外别无可述，和平年代只是偶尔出现的短暂间隙和插曲。同样，个体的生命也是无休止的斗争，不仅是与譬喻意义上的欲求和无聊的斗争，更是与他人实实在在的斗争。环顾皆是敌人，争斗永无止息，他至死仍剑不离手。

4

在纠缠我们的种种苦恼中，时间的逼迫是重要的一个。时间从不容我们喘息片刻，而是执鞭追赶，有如监工。除非我们被交付给无聊，否则时间不会停止迫害。

5

若无大气压力，我们的身体就会炸为碎片。同样，我们的生活若无欲求、劳役、灾祸和挫败的压迫，人的自大心理也会膨胀，即便不会爆炸，也会发展为最放肆的愚蠢，乃至疯狂。甚至可以说，我们时刻需要一些烦恼、悲伤或欲求，正如船只需要压舱的货物使之直线前进。

苦扰悲辛确是贯穿几乎所有人生活的运命。然而，如果一有欲望即能满足，问题便会随之而来：人该如何填补生活，该如何打发时间？设想一下：人类迁移到某个世外桃源，那里万物自由生长，烤熟的火鸡飞来飞去，相爱的人一眼就找到对方，并安安稳稳长相厮守，那么，一些人会无聊至死或者上吊自杀，一些人会挑起争斗，互相杀戮，这样他们就会人为地制造苦难，比大自然施加给我们的苦难更多。因此对于这样一个物种来说，现有的生存状态和生存形式再合适不过了。

6

如上文重申，满足和安乐是否定性的，而苦难是肯定性的，因此，衡量一种生活幸福与否，不应根据其中的快乐和满足有多多，而应根据肯定性因素即苦难有多少。虽然如此，动物的命运要比人的命运更可忍受。让我们对两者略加详查。

不管人类的苦乐形式如何多样，如何引诱人们舍此逐彼，苦乐的物质基础都是肉体的快感和痛苦。这一基础范围很窄，包括拥有或没有健康、食物、不受寒冷和潮湿侵袭的环境，以及性欲的满足。所以，人并不比动物享有更多的肉体快感，只不过是他更加发达的神经系统强化了每一种快感，如同强化每一种痛感一样。他心中涌起的情感要比动物强烈多少倍，他的激情要比动物深刻浓烈多少倍，根本无法相提并论！而最终他得到的无非是同样的东西：健康、食物、栖身之所，诸如此类。

之所以如此，最重要的原因是，因为顾及未有的和未来的，他的一切都得到了极大的强化，这实际上是烦恼、恐惧和希望的根源。这些情绪一旦激起，对人的影响就会远远大于当下的实际苦乐——动物的感官即仅限于此。由于缺少反思能力，在动物身上不会像人那样，快乐和悲伤通过记忆和预期累积起来。在动物那里，当下的痛苦不管重复多少次，都和最初时一样——痛苦不会累加。因此，动物所特有的沉着和冷漠令人羡慕。而在人那里，从那些与动物相同的苦乐因素中，产生了感官对幸福和苦楚的强化。这种强化能让幸福瞬间达到极致，有时足以致人死命，也能把苦楚引向生不如死的绝望。更进一步考虑，事实情况是，最初人的需求并不比动物的需求更难满足，但人刻意地去强化自己的需求以强化其快乐，这样才有了奢侈品、甜点、烟草、鸦片、酒、服饰及相关的一切。在此之上，同样由于反思，又加入了一种先是引起快乐、后又招致痛苦、为他所独有的东西，他对此痴迷不已，远远超过此外的一切。这种东西就是野心及荣辱感，简言之，他会思考别人眼中自己的形象。这个形象表现不一，往往千奇百怪，超越肉体的苦乐，成为他一切努力的目标。的确，他比动物更能享受智力的乐趣。这些乐趣程度不一，从简单的玩笑和交谈到思维的最高成就。但与此相抵消的是，无聊与痛苦相伴而行。动物不知无聊为何物，至少自然状态的动物是如此，极为聪明的驯养动物对无聊也只略知一二；但对人类来说，无聊却堪称苦刑。欲求和无聊确是人生的两极。最后还要提到的是，人的性欲满足局限在很偏执的对象上，有时强化成热烈的爱情。因此对人来说，性带来的欢乐很短暂，痛苦却很漫长。

令人惊异的是，仅仅有了动物没有的思想，人本该在动物同样具有的简单的苦与乐基础上，建构起深广得多的幸福和不幸，本该任由强烈的情绪、激情和战栗印在他脸上，留下长存的皱纹，但事实却是，他能得到的动物也能得到，而动物付出的情感代价要小得无法与之相比。不过，因为有了思想，人的痛苦程度远大于快乐。人真正懂得死亡是怎么回事，这更极大地加剧了痛苦，而动物并不真正懂得死亡的意义，所以死亡从不在其视野之内，而不像人类那样总是想着死，因此只是本能地逃避死亡。

动物对活着本身要比人类知足得多，植物则完全如此，而人的知足程度取决于他的无聊程度和麻木程度。故此，动物的生命较之人类，包含更少的痛苦，也包含更少的欢乐。直接原因是：一方面，动物不受烦恼和忧虑的影响，也没有随之产生的种种折磨；另一方面，动物没有希望，也就没有对美好未来的憧憬，以及相伴而生的想象力的蛊惑——这些都是极苦和至乐之源。动物不去希望也从不忧虑，因为它们的意识局限在清楚直接的东西之上，因此也就局限在现在——动物是现时的化身。不过正因为如此，动物在无忧无虑安享现时这一方面与我们相比堪称真正的睿智。它们身上这种突出的沉静让常常骚动不满的我们羞愧不已。

7

如果上述讨论证明，人的一生比动物更为痛苦，是因为他们的认知能力更强，那我们现在可以进而推求更普遍的规律，从而形成更为全面的见解。

知识本身是永远没有痛苦的。痛苦只对意志产生作用，存在于意志的受阻、受妨或受挫。不过，意志的受挫若被感知为痛苦，必有认识相伴而行。这就是为什么连生理痛苦也总是受制于神经及其与大脑的连接，因此如果连接肢体与大脑的神经被切断，或大脑本身受到氯仿的毒害而失去活力，那么肢体受伤也不会被感觉到。精神痛苦受认识影响自不待言，痛苦随认识程度而加深也显而易见。这样我们就可以打一个比方形容整个关系：意志是琴弦，意志受挫或受妨是琴弦的振动，认识是共鸣板，痛苦则是发出的声音。

这意味着不止无机物不能感知痛苦，植物也是如此，不管遭受多少挫折。另外，所有动物，包括纤毛虫，都会体验到痛苦。这是因为动物的本质特点是认识，无论认识多么不完善。动物的生命每高一等，痛苦就相应增加一级。但即便是最高级的动物也不可能感知人所感知的痛苦，因为即使是最高级的动物也没有思想和观念。不错，痛苦的强度达到顶点时，也可能用理性否定意志——若非如此，那将毫无意义，残忍至极。

8

弱冠之时，我们坐在未来的人生前，如同孩子坐在戏院的幕布前，对将要发生的一切满怀欣喜，充满期待。幸而我们并不知道上演的究竟会是什么。因为对知道的人来说，孩子有时就像蒙冤的罪犯，被判处的不是死刑，而是终身监禁，而他们对刑罚的内容还毫无察觉。虽然如此，每个人都渴望活到老年，到那时候他就可以说：“今天很糟，还会一天天糟下去，直到最后糟得不可救药。”

9

若有可能，想象一下阳光普照之处的一切困窘、痛苦和磨难，你就会承认，假如太阳为地球带来的生命迹象像月球那样少，地球和月球一样还处在结晶状态，那情况将要好得多。

你也可将我们的生命视为一段不和谐的插曲，打乱了天赐的虚无宁静。无论何时何地，即便是认为生活尚可忍受的人，活得越久，越会清楚地了解，生活就整体而言是一个挫败，不，是一场骗局。如果年轻时的好友多年后重逢，过去时光犹在眼前，那相见时两人心中涌起的最强烈的感觉就是对人生彻底的失望。在青春岁月玫瑰色的黎明里，人生曾显得那么美好，它许诺的那么多，兑现的又那么少。这种感觉会牢牢地抓住他们，以致他们甚至觉得不值一提，只是默默地将它作为谈话的基调。

若生殖行为不是欲望的产物，也不伴随快感，而是一件纯由理性决定的事情，人类是否还会继续存在？我们每个人是否会对未来一代充满悲悯，乃至宁愿让他们不至背负生活的重担，或希望至少不是自己将重担无情地压在下一代身上？

因为世界是地狱，人一方面是受苦的灵魂，另一方面又是地狱里的魔鬼。

据说梵天因忽然堕落或因错误而创造世界，为赎清此罪恶或错误，不得不存于世界当中，直到他将自身从世界中解救出去。说得非常好！依佛教之言，涅槃状态胜妙谌然，长久宁静之后，不知何故受到染污，世界由此生成。因此，世界起源出于定数，这一点应主要从道德意义上理解——虽然物质世界的起源与此完全相同，太古时期不知何故产生雾带，太阳由此产生。尽管如此，因为世界由罪而成，所以物质世界不断变坏，直至今日这可悲的境地。说得妙极了！对希腊人来说，世界及诸神受造于不可解的必然性，这聊备一说。阿胡拉·玛兹达与安格拉·曼纽[1]征战不断，这也值得思考一下。但像耶和华这样的神主动自愿地创造这样一个充满欲望和苦痛的世界，甚而以此为荣，称此为善，这就未免让人难以接受了。

---

1. 梵天是印度教的主神，阿胡拉·玛兹达和安格拉·曼纽分别是古波斯诺斯替教的善神与恶神。

即便莱布尼茨的论证是对的，在所有可能产生的世界中，现在的世界是最好的，这仍旧不能证明神爱世人。因为造物主不仅创造世界，也创造了可能性本身，因此他本可以创造出更好的世界。

不过总的说来，世界是一个至慧、至善且有至高权能的存在的成功之作，这个观点会遭到两个事实的大声反对：世界充满苦难，并且世界上最高级的物种——人——明显是不完美的，人实则是怪诞的漫画人物。这是一种无法解决的矛盾。恰恰相反，正是这些事例支持我们刚才说的，证明我们对世界的看法是正确的：世界是我们自身罪恶的产物，因此最好压根就不存在。根据上述的推理，这些实例成了对造物主的有力控诉，为愤世嫉俗提供了素材。而根据我们的推理，这些实例成了对我们自己本性和意志的控诉，并集合起来教会我们谦卑。因为这些事例引导我们达到这样一个观点：我们就像浪荡儿所生的孩子，来到世界上已负罪累累，正因为我们必须不断赎清此罪，我们的存在才会这样卑微，存在的终点才会是死亡。总的说来，正是世间之罪导致了多种多样、深重难耐的世间之苦，这一点再明确不过，此处所说不是物质一经验的联系，而是形而上的联系。亚当夏娃堕落的故事因此是唯一能让我接受《旧约》的东西，我甚至认为这是《旧约》中唯一的形而上的真实，尽管它披着寓言的外衣——因为我们的存在最像是恶行的苦果，对禁忌之欲的惩罚。

要有效地指引我们的生活方向，最有用的是调整自己，把世界当作赎罪之所，流放之地。这样做，你就会根据事物的本质规范自己的期望，充分了解到我们每个人都在此间为自己的存在而受罚，每个人都有自己的受罚方式，而不再把生活中的苦痛祸乱当作不正常的东西而希望它们并不存在，而是觉得它们都是适当、合理的。这样的观点能让我们不惊奇，当然也不再愤慨地看待大多数人所谓的弊端，如道德和智力的缺点，以及由此表现出来的现象——因为我们应该时刻记住我们的位置，并由此首先把生存着的每个人看作罪孽的产物，被生下来是一种罪孽，每个人的生活都是对这种罪孽的补偿。

相信世界本不该存在，因而人也不该存在，这事实上会教会我们彼此宽容：置身我们这样的处境，又能对他人作何希求？因此真该考虑一下，人们见面时的问候不应该是“先生”，而应是“同病相怜的兄弟”。这听起来虽很古怪，但切合现实，让我们看清他人，提醒我们最必要之事：宽容、耐心、忍耐和慈悲，这些是我们每个人都需要也都应当给予的。

➛ 论存在之虚无

1

存在的虚无体现在存在的整体形式上：时空无际，时空中的个体却有穷；现时稍纵即逝，却是现实性的唯一体现；偶然性和相对性存在于万事万物；永远都在趋近，却永远无法到达；永远都在欲求，却永远无法满足；人生的奋斗总是遭遇挫败。生存意志本如自在之物长存不坏，但时间使得其间的万物短暂易朽，生存意志发现的只是奋斗的徒劳。赖时间之故，万物在我们手中化为乌有，丧失一切真正价值，这就是时间。

2

不再存在的和未曾存在的一样，几乎算不上存在，但将在下一刻存在的必定曾经存在，因此，最重要的现时要比最重要的过去更具现实性，前者与后者的关系乃是有与无的关系。

令我们吃惊的是，在不曾存在无数世代以后，我们突然存在了，片刻之后，我们又将不复存在无数世代。事情不应该是这样，心灵这样说。即便蒙昧之人想到这里也会希望，时间不过是一种观念。不过，时间和空间一样，是所有真正的形而上学的关键，因为它容许一种与自然秩序截然不同的事物秩序。这正是康德的伟大之处。

我们生命中的每一刻只短暂地属于当下，然后就永远地归于过去。一到傍晚，我们就又少了一天。若不是我们在生命的最深处隐隐感到：我们分得了不竭的永恒之泉，从中我们总能获取新的生命、新的时间，那么，眼见短促的生命一潮一潮退去，我们几乎会发狂。

你的确可以认同这样的说法：最高的智慧是享受现时，并以此为生活的目标，因为现时是唯一真实的，其他一切都是假象。但你也可以将这种生活方式称为最大的愚蠢，因为现时转瞬即逝，像梦一样消失无踪，不值得为此大费周章。

3

我们的存在仅停留在短暂的现在，此外别无所依。因此，存在的本质形式是无休止的动荡，我们不断寻求的安宁无从获得——就像一个人跑步下山，停下脚步就会跌倒，要保持不倒只能跑个不停；或像在指尖保持平衡的杆木；或像一颗行星，若不再拼命向前疾奔，就会跌入太阳。生命的特点就是这样迁流不定。

如此世间，稳定恒常了不可得，万物变动不居，混乱不堪，只能大步向前，才不会从高空吊索上坠落。如此世间，幸福不值一想。在这个只有柏拉图所谓“永远趋近，永远无法到达”的地方，幸福没有安身之所。首先，每个人都不幸福，用一生时间苦苦追寻心目中的幸福却很少得到，即便得到也会失望。然而，他照例终归会驶入港口，船倾桅折。其次，生命仅是一连串的短促现时，现在又已到尽头，幸与不幸没有区别。

4

我们生命的图景犹如胡乱拼凑的图画，近看粗陋，要想显得美，只能远观。这就是为什么所求之物一旦获得即觉空虚，这就是为什么尽管我们一生都在希求更好的事物，同时也经常对过去恋恋不舍。相反，现时被认为是暂时的，只是通往目的的途径。因此，大多数人回首一生时都会发现，自己一直活在过渡状态，他们吃惊地看到，他们放手的正是自己的生命，正是他们生活中期望的东西。

5

生命首先表现为一个任务，保有自身的任务，即糊口。若此任务完成，所得的便成了负担，于是有了第二个任务：做些什么，以赶走猎禽般盘旋在安定生活之上的无聊。于是，第一个任务是得到什么，第二个任务是忘记所得的，否则所得的便成了负担。

人的生命必是一个错误，这只需略加考察即可证明。人是各种难以满足的需求的集合体，需求的满足别无他物，只是无痛苦的状态，人被无聊所占据；无聊直接证明：存在本身没有价值，因为无聊无非是对存在之虚无的感受。如果生命，以欲求为我们本性和存在的生命，本具正面价值和真正内涵，便不会有无聊一事，存在本身即能令我们完整和满足。实际情况却是，我们从存在本身中并不能获得乐趣，除非我们在追求什么，这样由于遥不可及、困难重重，我们的目标就显得似乎能够令我们满足（而一旦获得，这种假象即告破灭）；或者除非我们正从事纯智力的活动，这样实际上我们置身生活之外远观，犹如戏院里的看客。即便感官愉悦本身也存在于不断的追求之中，目标一旦实现，愉悦随即消失。我们若非从事上述这样或那样的活动，而是回到存在本身，我们便被存在的虚无和徒劳所左右，这种感觉就叫作无聊。

6

人体组织极为精巧复杂，生存意志的体现莫过于此。人体终将化为齑粉，全部本质、所有努力付之一炬——这是大自然明确无误的宣告：意志努力求生，却终归徒劳。若努力本身是有价值的，是理应无条件存在的，则努力的结果绝不应该是消亡。

但我们的开场和收场又有怎样的不同！开场时我们纵情声色，收场时我们肢体分解，死填沟壑。就安适和享受而言，由此至彼之路也一落千丈：快乐梦幻的童年，意气风发的青年，劳碌奔波的成年，虚弱间或悲惨的老年，致命疾病的折磨，最后是死亡的剧痛——难道存在看起来不像一个错误，其恶果渐次昭彰?

我们应尽力把生活看成一个泡影，一个幻灭的过程，因为显然，我们所经历的一切累积起来都在制造幻灭。

论自在之物及其表象的对立

1

自在之物指独立存在于我们感官之外的东西，即实际存在的东西。德谟克里特称其为物质，洛克[1]也大抵如此，对康德来说它等于 X，对我来说它是意志。

2

我们对地球的了解仅限于表层，而不是内部广大坚硬的部分。同样，我们依照经验对事物及世界

1. 德谟克里特（活跃于公元前 420 年前后），希腊哲学家，原子论的创始人。约翰·洛克（1632—1704），17 世纪晚期英国代表哲学家。

的了解仅是其表象，即其表层。对表象的精确认识构成了最广义的物理学。但表象存在的前提是有一个同时具有面积和体积的内层，并可推论出该内层具有某种性质，这两点是形而上学的主题。力图根据表象的规律获知自在之物的本质，这就像从面积及其定律获知体积一样。每一种教条的先验哲学都想从表象的规律认识自在之物，这就像想让两个截然不同的物体重合一样，必定会失败，因为不管怎么摆弄，总有这个角或那个角露出来。

3

事物既是表象又是自在之物，所以也就有两种解释：物理学和形而上学的。物理学用因果律加以解释，形而上学则用意志加以解释。同一个东西，在无知无觉的自然中称为自然力，在更高一级被称为生命力，在动物和人那里就称为意志。因此严格说来，人的智力及品质的高下与好恶也许可以追溯到纯物理的原因——智力可追溯到大脑和神经系统的构造，以及影响大脑和神经的血液循环；道德品质可追溯到心脏、脉管、血液、肺、肝、脾、肾、肠、生殖器等的构造及综合作用。这样做肯定需要更确切地了解物理学和伦理学的规律，远远超过比沙和卡巴尼斯[1]掌握的知识。某人的智力和道德品质可进而追溯到更远的原因，即其父母的构造，前提是父母提供的种子造就的生命与他们类似，而非更高级或者更好。相反，形而上学必须把同一个人看作其意志幽灵般的化身，该意志完全自由，无比重要，造就了为自身服务、与自身适应的智力。因此，人之所为必从己出，无论他是否一时糊涂，迷失本性，或肉体软弱使然。

4

考量自然生物的生存及习性时，比方说，一个动物站在我们面前，尽管我们有动物学和畜牧学的知识，它仍是一个不解之谜。那么，自然非要如此执拗，对我们的质询充耳不闻？难道自然不像所有伟大之物一样，坦荡、直率，甚至一派天真？自然不予作答，是因为我们问错了问题，因为问题出自

1. 比沙（1771—1802），解剖学家和生理学家。卡巴尼斯（1757—1808），物理学家和医学作家。

错误的假设，因为问题包含矛盾，岂有别故哉！若自然本不可解，永不可解，自然中怎会存在因果关联？不，绝非如此。自然不可解，是因为我们在无因果处强求因果。我们力图抵达自然的本质，借助充足理由律，每一个现象似乎都在透露自然的本质，然而，这无非是我们的智力对表象（即事物表层）的理解方式。在表象的范畴内，因果适用有效，但我们却想将其应用于表象的范畴以外。例如，在表象的范畴内，一只动物的存在可以解释为生殖行为，这其实只是一个最简单的因果推论，没什么神秘可言，这一解释完全打破了不可知的状态。就生殖而言，我们尚缺几个因果联系的环节，但这并没有实质差别，因为即便我们不缺，我们最终仍要站在不可知面前，因为表象就是表象，它变不成自在之物。

5

我们抱怨说，生活一团暗昧，我们并不了解整体存在的本质，尤其是我们自身与其他存在的关系。人生短暂，我们的认识也完全受限于短暂的人生，因为我们既不能追溯生前，亦不能看穿死后，因此吾人之意识如同闪电，只是短暂地照亮夜空。好像有邪灵恶意关闭了我们获取更多认识的大门，以我们的挫折为乐。

但此类抱怨并不合理，因为它来自一种幻想，幻想又出自错误的前提，即认为事物之整体出自智力，因此在成为现实之前，作为理式而存在。由此前提出发，事物之整体因出自认识范畴，便全然可知，全然可解，可为知识所穷尽，但事实恐非如此。我们抱怨所不知的，任何人均无所知，甚或根本无从得知，即不能被觉知。理式乃认识所由，认识所系，但仅是存在的外层，是次要辅助之物，换言之，理式之必要，并非对于事物整体之保有，仅是对于动物个体的延续。因此，事物的整体存在进入认识范畴纯属偶然，程度亦颇为有限——如果动物意识是一幅画，它仅是画的背景，而意志之所求才是关键，位居画面前景。因为偶然，产生了时空世界，即理式世界，此世界在认识范畴之外根本不会存在。既然认识的存在仅是为了动物个体的延续，那么认识的全部构造和所有形式，如时间和空间，亦仅是为个体之目的所造。要达成目的，仅需了解个别现象之间的关系，不必了解事物的本质及普遍整体。

康德曾言，或多或少困扰我们每个人的形而上学问题没有直接的答案，也没有满意的解决方法。究其原因，这些问题源于我们的智力形式：时间、空间及因果关系，而智力原为个体意志规定动机，即说明意欲的对象及占有的方法。一旦智力被滥用，引向事物的存在本身，引向世界的整体和内在构成，则上述智力形式——事物间的相邻、相续、相关——即产生种种形而上问题，如起因与目的、世界及个人的始与终、个体死后的消亡或存续、意志的自由，等等。不妨假设，这些形式一旦消除，对事物的意识却仍存在，那么此类问题便不是悬而未决，而是根本不存在的——这些问题将彻底消失，表述问题的语句将毫无意义，因为此类语句完全来自这些形式，而这些形式的目的不是理解世界及存在，仅是理解我们自身的愿望。

这种看待问题的方式，解释并客观证明了康德的理论，而康德对他的理论仅从主观角度加以证明。康德认为，因果形式只能应用于世俗领域，不能应用于超验领域。不妨换一个角度：智力是形而下的，不是形而上的，因为智力从属于意志的客观化，来源于意志，仅为服务意志而存在。然而，智力的作用仅限于自然中的事物，而不是自然之外之上的事物。显然，动物的智力只为发现和获取食物，智力的发达程度取决于这种目的。人也没什么两样，只不过人保有和延续自身更难，欲望不断膨胀，因此需要更发达的智力。仅当智力超越常规，摆脱意志的奴役时，智力才有富余，当富余达到一定程度时，就叫作天才。这样的头脑首先是客观的，但也可以更进一步，某种程度上成为形而上的，或至少努力成为形而上的，因为智力保持客观的结果是，自然本身即事物整体成为智力的考察对象。在这样的智力里，自然第一次认识到：自身存在，但也可不存在，或以其他形式存在。而在平平无奇的智力中，自然不能清晰地觉知自身，正如磨坊主听不到研磨机的声音，或香料生产商闻不到香料的气味。寻常智力囿于自然，认为自然是理所当然之事，只有灵光一闪时，它才能感知到自然，对其所见大感惊奇，但惊奇感随即消失。这样平庸的头脑就算成千上万，在哲学上能取得怎样的成绩也就不难想见了。但如果智力源自形而上学，以形而上学为使命，就能推动哲学的发展，正如推动其他科学的发展。这样的智力越多，推动作用就越强。

论对生存意志的肯定与否定

1

造就世间现象的，也能不如此作为，乃至不作为，这可以说是一个显而易见的公理，总的说来不言自明。倘若前一种状态构成了生命中有所求的现象，那么后一种状态则构成了无所求的现象，这实际上等同于吠檀多哲学的深睡境和佛教的涅槃。

否定生存意志绝不意味着物质的消亡，仅仅意味着无欲无求——先前不断欲求的不再欲求。意志如同自在之物，我们只能通过欲求行为来了解。因此，无求之后，意志为何物，会做些什么，我们既不能言说也无法觉察。因此否定生存意志对我们而言，是从有到无的转变，我们是欲求的现象。

2

希腊伦理学和印度教伦理学之间存在着明显的对立，前者的目标（虽然柏拉图除外）是实现幸福的生活，有福的生活，而后者的目标则相反，《数论颂》开篇便直言：要彻底从生活中解救出去。

还有一个类似的对立，因其直观而更加突出：你在佛罗伦萨的美术馆里看到美丽的古代石棺，上面用轻快的笔触描绘整个婚礼的仪式，从最初的求婚到婚姻之神用火炬照亮通向婚房的道路；接着比较一下基督教的棺材，上有十字架象征悲痛，盖着黑色帘幕，其间的反差极为明显。两者都渴望在面对死亡时提供安慰，两者方法相反，但都是正确的。一个表达的是对生存意志的肯定，不管生活的面貌如何瞬息变幻，生活永远受到肯定；另一个则通过苦难和死亡的符号来表达对生存意志的否定，以及从死亡和撒旦统治之下的世界中抽身而出的救赎。古希腊—罗马异教与基督教之间真正的精神对立是肯定生存意志和否定生存意志，这是基督教的唯一可取之处。

3

我的伦理学与其他欧洲哲学家的伦理学，两者关系正是教会意义上《新约》和《旧约》的关系。《旧约》把人置于律法之下，但律法并不能带来救赎。相反，《新约》宣布律法是不够的，实则把人从对律法的遵从中解放出来。[1]《新约》宣扬神的恩典以取代律法，人可通过信仰、善心和彻底否定自我进入神恩的国度。《新约》称，这是脱罪与出世之路，因为撇开新教徒和唯理论者不论，《新约》的真正灵魂无疑是苦行的精神。这种苦行的精神正是对生存意志的否定，从《旧约》到《新约》的转变，从律法至上到信仰至上的转变，从因德释罪到因信得救，从受罪与死的统治到在基督中永生，严格说来表明了从单纯提倡美德到否定生存意志的转变。在我之前，所有的哲学伦理学无论呈现什么面貌，都紧抓住《旧约》精神不放——《旧约》设定了既无根基

1. 此处叔本华引用《罗马书》第七章，《哥林多后书》第二及第三章。

也无趣向的绝对道德律令，所含道德戒条和禁忌之后，悄然引入了一个独断专行的耶和华。相反，我的伦理学有根基、有目标、有趣向，最重要的是，它从理论上阐明了正义与善良的形而上学基础，并进一步说明若实施得当将最终导致什么样的结果。同时，它坦言世界的可憎本质，并指出解脱之道即在于否定意志。因此，我的伦理学实则是《新约》的精神，此外的一切伦理学都属《旧约》精神，甚至在理论上等同于犹太教，即赤裸裸的暴戾的一神论。就此而言，我的学说可以称为真正的基督教哲学，不管在舍深刻而取浅薄的人眼中，这种说法如何自相矛盾。

4

稍加深思即可发现，欲成为罪，并非因为欲望之间偶然碰撞而招致伤害和罪恶。如果欲望产生的就是这样的后果，那它必然从一开始就根本是有罪的，整个生存意志都应该摒弃。世间充斥的残忍和磨难，实际上只是生存意志以各种形式客观化的必然结果，因此只是肯定生存意志的注脚。人必有死，这证明我们的存在本身有罪。

5

如若从自在之物出发，从生存意志出发来理解世界，你会发现世界的核心和重中之重即生殖行为。相反，若你从表象世界、经验世界和理式世界出发，又会有怎样的不同！这里生殖行为被看作全然孤立的、单独的、次要的，被看作二等事物而应掩盖和隐藏，被看作自相矛盾的反常行为，只是源源不断地提供笑料。然而，对我们来说，这只不过是撒旦在伪装他的把戏——难道人们没有注意到，性欲是这个高尚世界最高明的骗术，只为某个女人钟情痴迷之时尤为如此，因为它承诺的太多，给予的又少得可怜。

女人在生殖行为中的角色从某种程度上说要比男人更加无辜，因为男人给予孩子意志，这是最初之罪，因此也是一切恶的源头；而女人给予孩子认识，这开辟了救赎之路。生殖行为是宇宙的交点，它宣布："生存意志又一次得到了肯定。"妊娠和受孕则宣布："在意志之上，又一次加入了认识之光。"这样，认识再一次找到了出离世界的道路，救赎的希望再一次成为可能。

这正说明一个明显的事实：若被人撞见其性行为，每个女人都会羞愧得宁可死去，但怀胎时她们却无一丝羞愧，甚至带着骄傲。原因在于，性交之罪在某种程度上被怀孕消解了，性交承载了两性关系的所有羞耻和丑陋，而怀孕虽与性交密切相关，却始终保持纯洁无辜，甚至有些神圣。

性交主要是男人之事，怀孕完全是女人之事。孩子从父亲那里继承意志和性格，从母亲那里继承智力。后者是解脱之门，前者是禁锢之锁。性交标志着不管认识取得多少进步，生存意志仍旧存在于时间之中；生存意志成为新的肉身，标志着在意志之上，又一次加入了明亮的认识之光，又一次有了救赎的可能，其标志即是怀孕。因此，怀孕光荣坦荡，任行无碍；性交则像一个罪犯，自动遁形。

6

不义之行，邪恶之举，就施行者而言，表明对生存意志的肯定有多强，因此也就标志着他离真正的解脱——即对生存意志的否定——以及出脱世间还有多远，求知之路还有多长，忍受苦难还有多久。就忍受者而言，尽管恶行在形而下意义上是恶的，在形而上学意义上却是善的，就实质而言则是有益的，因为这些行为助他走上真正的解脱之路。

7

世界精神：因此，这就是你劳作和受苦的目的，是你存在的目的，也是此外种种存在的目的。

人：但我从生存中能够获得什么？生存若是充盈的，我得到的只是悲苦；若是空虚的，我得到的只有无聊。我付出那么多辛苦，受到那么多折磨，你能给我的却少得可怜。

世界精神：唯其贫乏，这种报酬对你的辛劳和苦恼来说才是的。

人：怎么会这样！我理解不了。

世界精神：我知道。（旁白）我是否要告诉他生活的价值正在于此，即教他停止对生活的欲求？因为应由生活亲自教会他这一最重要的入门仪式。

论我们的本质存在不能被死亡摧毁

1

你应该读读让·保罗的《塞利娜》，看一看最聪明的头脑如何试图处理它误以为荒谬的问题——他固守一个错误观念不肯抛弃，尽管无法忍受其荒谬，一直深受困扰。[1] 这一观念即是我们每个人的意识在死后保持原样，继续存在。让·保罗的这种挣扎和

1. 里希特尔（1763—1825），以笔名让·保罗闻名，是当时最受欢迎的德国作家之一。《塞利娜》在他死后于 1827 年出版，书中他试图想清楚自己的宗教信仰到底是什么，却没有成功。让·保罗认定，他无法接受基督教，但又发现无法放弃其中的一些信条，比如相信永生，对此除了他排斥的基督教的信条外他别无所获。

纠结表明：此类真假参半的观念并不像想象中的那样，是有价值的错误，而是绝对有害的——因为将灵与肉错误地对立起来，以及将整个人提高到永存不变的自在之物的位置，使我们不能真正认识到由于表象和自在之物不是一回事，所以我们的本质存在不受时间、因果和变迁的影响，是不可摧毁的。此外，这个错误观念甚至不能被当作真理的替代品，因为理性会不断地质疑其中的荒谬，连其中蕴含的真理也一并抛弃，因为真理只有保持纯粹才能继续存在，真理一受谬误的诱惑，就沾染了谬误的脆弱。

2

日常生活中，如果有人什么都想知道，又什么都不想学，他向你问起死后的存在，那么最恰当也许也是最正确的回答是："你死后和你生前一样。"因为这个回答暗示，要求某种存在物有开端却没有结束，这样做毫无道理。不过，这个回答也隐含着一层意思——有两种不同的有，因此也有两种不同的无。不过你也许会回答："不管你死后会是什么样子，即便一切化为乌有，都是自然而然的，适合于你的，正像你现在的机体存在一样，因此你最应该担心的是转变的那一刻。”是的，以成熟的心态考虑这个问题，就会把我们引向这样的结论：我们这样的生命压根不存在反而更好，所以我们不再存在或一段时间不再存在，就像我们原本不曾存在过一样，从理性的角度看来，并不值得我们忧虑。

3

设想有这样一种生物，它们无所不察，无所不知，那么我们死后存在与否这个问题，对这样的生物而言也许毫无意义，因为脱离我们现有的暂时性的个体存在，存在或消亡不再有任何内容，只是无差别的概念。因此，无论毁灭的观念还是存续的观念，都不适用于我们内在的本质存在，即我们皆为其表象的自在之物。因为，这些概念都从时间领域借用而来，而时间不过是现象的形式。另外，我们只能根据物质世界的样子想象：现象性表象之核心不可摧毁，则必定像多变的物质世界一样，稳居时间之内，继续存在。如果表象的核心不再存在，我们则会根据形式的样子想象：承载形式的质料消失，形式也消失，因此我们暂时的终止即是彻底的消亡。这两种观点都是用现象世界的形式套用自在之物。但如果说某物不可败坏，但又不继续存在，对此我们甚至不能形成抽象的观念，因为我们本能上做不到。

然而事实上，新的事物不断出现，现存的事物不断消亡，这应被看成由双镜头装置（大脑功能）制造出来的幻象，我们看待万事万物只能透过这两个镜头，这两个镜头叫作时间和空间，因果关系就存在于时空的相互渗入之中。在这样的条件下，我们所知的皆是现象，我们不知道事物本身是什么样子，即不知道独立于我们感知之外的事物是什么样子。这就是康德哲学的真正核心。

4

人死去，自在之物也化为乌有，这是不可想象的。人类凭直觉可以直接认识到：人的死亡是应时而终的现象——一切现象的形式，而自在之物却不受其影响。我们都感到：我们并非某人凭空创造的存在，因此我们相信，虽然死亡能终结我们的生命，却不能终结我们的存在。

5

越是清楚地觉察到万物脆弱、虚无和梦幻般的特点，你越会清晰地觉察到自己内部存在的不朽，因为上述特点有此映衬方显鲜明，正如要觉察轮船行驶的速度，只能去看静止的河岸，而不是看轮船本身。

6

现时有两半：客观的和主观的。只有客观的一半表现为对时间的直觉，因此不可阻挡地随波逝去；主观的一半站定脚跟，始终不变。唯其如此，我们仍能鲜活地回忆起久远的过去，我们虽深知存在的短暂，但仍意识到自身的不朽。

只要活着，我们就意识到，我们一直站在时间的中段，而绝非其终点。由此可以推知，我们每个人身上都体现着无尽时间不变的中段。恰恰是这一点给了我们活着的信心，而不用始终生活在死亡的恐惧之中。

借助回忆和想象，一个人可以真切回想起早年生活的经历。那么，他就比别人更加清楚贯穿整个时间的一个个现时瞬间的特质。了解到所有现时瞬间的特质，就会明白，最为短促的瞬间乃是唯一永久的东西。通过这样的直觉体认，他就会知道，此刻按最严格意义来讲是现实的唯一表现形式，它的根在我们之内，来自我们内部而非外部。这样，他就不会怀疑自身存在的不可毁坏。相反他会明白，虽然他死的时候会失去客观世界，失去客观世界借以显露自身的媒介——智力，但他的存在却不会受其影响。因为他内部蕴含的现实和外部一样多。

若不承认这些，就得坚持相反的观点：“时间是完全客观和真实的，它独立于我而存在。我只是偶然地被抛入时间之中，我只占有一小部分时间，因此只得到了昙花一现的现实，就像成千上万人一样。现在他们已经化为乌有，我很快也一样。反之，时间是真实的，它会脱离我继续存在。”我认为，这种观点的乖张甚至荒谬之处必明确加以阐明。

也就是说，实则可将生命视为一场幻梦，死亡才是梦醒。但必须记住，个性和个体属于梦中意识而非清醒时的意识，这就是为什么死亡对于个体来说好像是消亡。这样看来，死亡无论如何不应看成转到一个全新的陌生的状态，而是回到原本属于我们的状态，人生不过是从这个状态的暂时脱离。

实际上，意识在死亡中毁灭，但产生意识的却并没有毁灭。因为意识首先依赖于智力，而智力依赖于生理进程——很明显，智力是大脑的功能，也因此受到神经系统和血液循环系统的共同调节，更确切地说，智力受到大脑调节，而心脏滋养、驱动并不断刺激大脑。大脑精巧神秘的结构解剖学可以描述但生理学却不能作出解释，正是从大脑中产生了客观世界的现象及我们的思维活动。不应认为，个体意识，即任何一种意识，能够脱离肉体而存在，因为任何意识的前提都是认知，而认知必然是大脑的功能。确切地说，因为大脑是智力的客观形式。那么，既然智力在生理上是次要的，因此在经验现实即现象领域中是次要的，是生命过程的产物。从心理角度来说，智力也是次要的，与此相反，只有意志才是首要的，无论在哪里都是第一要素。因此，既然意识不直接隶属于意志，而受制于智力，而智力又受制于生理机能，那么意识无疑会因死亡而消失，就像在睡梦或任何一种眩晕或晕厥中消失一样。

但是别灰心！消失的是怎样的意识呢？一个隶属于大脑的、肉体性的、和动物一样但相对更加紧张的意识。人的意识和动物的意识没有实质区别，尽管我们的意识最发达。这种意识就其根源和目的而言，无非是帮助动物获取所需的权宜之计。相反，死亡带我们回到的是我们的本原状态，即存在的内在状态，生命诞生、延续、现在走向消亡，这是这一状态的变动性所在。它是与表象世界相对的自在之物的状态。

认知受制于大脑，是非常间接的代用品，正因为如此，它是对现象的认知，因此在本原状态完全是多余的，所以我们才会失去它。对我们来说，认知随着现象世界终止而消亡，认知也只不过是现象世界的中介，并只对它来说有些用处。在本原状态，即便有人让我们保留这种动物性的认知，我们也会弃之不顾，正像瘸子病愈后会丢掉拐杖一样。大脑意识仅适用于现象，仅仅产生现象，如果有人哀叹它消失之际日益迫近，那他堪比皈依基督教的格陵兰岛人——听说天堂里没有海豹，他们拒绝上天堂。

此外，这里讨论的一切都基于一个假设：我们只能设想，一种状态如果不是无意识的，便是有意识的，并且带有一切认知基本形式的印记——主体和客体的分立，能知和所知的分立。但我们必须认识到：知者和被知者均只受我们的动物性所支配，动物性是非常次要的，衍生的，因此绝不是本质生命和本质存在的本原状态。生命和存在可以用其他方式形成，但却不是无意识的。归根结底，我们的内在真实无非是意志，它本身并不具有认知。那么，如果死亡剥夺了我们的智力，我们只是转到无认知的本原状态，它不是无意识的状态，而是一个更高的状态。在那里，主客的对立消失了，因为应知的和能知的实际上将不可分离，一切认知的基本条件（恰恰是这种对立）因此消失了。

7

现在，让我们再一次向外观察而不是向内寻求，我们客观地看待呈现在我们面前的世界，那么死亡对我们来说必是从有到无，出生则将是从无到有，但两者都不是绝对真实的，因为它们只具有现象世界的真实。这样，我们或能逃脱死亡，这也并不比我们司空见惯的生殖行为更加神奇。死去的回到所有生命的起点，也是自身生命的起点。这样看来，我们的生命应被看成从死亡那里得到的一笔贷款，睡眠则是这笔贷款的日利息。死亡明确宣布，它是个体的终结，但个体内含有新生命的种子，因此死去的不会永远死去，而出生的都不是真的新生。死去的已遭摧毁，但种子脱离出来，发育成新的生命，进入存在领域，不知从何而来，不知为何而生。这就是生生不息的奥秘，它向我们揭示：现有生命的内部含有一切未来生命真实的种子，故而现有生命必定已经存在过。因此，每一个当其盛年的动物都在向我们呼告："为什么要为生命的短促而悲叹？如果不先于我的同类死去，我又如何存在？"不管世界舞台的剧本和面具如何变化，出场的总是同样的演员。我们相对而坐，谈兴渐浓，目光炯炯，嗓门提高，千年之前别人也是这样聚坐谈论——事未变，人亦未变，千年之后仍将如此。阻止我们体会到这一点的是时间的拨弄。

灵魂不死和生生不息的区别显而易见，前者是所谓的灵魂整个进入新的肉体，后者是个体的分解与重构，只有意志继续存在，采取新的生命形式，得到新的智力。

无论何时，都是雄性储存人类的意志，雌性储存智力。因此，我们每个人都是由父母的一部分构成，这些部分通过生殖过程结合，又通过死亡分裂，因此死亡才是个体的终结。我们对此个体的死亡伤痛不已，感觉到我们真的失去了它，但个体之死无非像一个化合物被不可逆地分解。但这里我们不应忘记，我们从母亲那里继承的智力并不像从父亲那里继承的意志那样牢固和绝对，原因在于智力是第二性的，性质仅是形而下的，全然依赖于生物机体。

因此人们可以从两个相对的角度考察每个人。从一个角度看，他是朝生暮死的个体，肩负错谬和缺憾，在时间中有始有终；从另一个角度看，他是不可摧毁的本原存在，客体化为存在的万物。

8

色拉叙马霍斯[1]：简单说吧，我死后会是什么样子？请说得明确！

菲勒里息斯[2]：什么都是，什么都不是。

色：我就知道！用矛盾陈述来回答问题，这把

1. 柏拉图《理想国》中人物，试图论证“强权即公理”。他传授雄辩术，更关心赢得辩论而不是获知真理。
2. 字面意思为“热爱真理者”，哲学家的统称。

戏太老套了。

菲：用世俗认识所用的语言来回答超验问题，必然导致矛盾。

色：你说，什么叫超验，什么又叫世俗认识所用的语言？我也熟悉这些字眼。我是从我老师那里学到的，但这些只是仁慈上帝的表述，我老师的哲学即建立于此，合理且适当。若上帝存于世间某处，他就是世俗的；若他存于世界之外，他就是超验的。这很清楚，你也能理解。但没人能理解你那过时的康德式的术语，它们到底是什么意思？

菲：超验知识超越一切可能经验，力图如实把握自在之物；世俗的知识则局限于可能经验的樊篱，因此只能谈论现象。你，作为一个人，死亡时走到终点。但你的个体性并非你本质和终极的存在，只是它的表现——你的个体性不是自在之物，只是自在之物的现象形式，以时间的面貌出现，因此有开端也有结束。相反，你的存在本身对时间、开端、结束、特定个体的局限都一无所知，因此个体性不能取消它——它无处不在，无人不有。因此，就前一层意义说，你死时归于空无；就后一层意思说，你死后遍于一切。这就是为什么我说你死后什么都是，什么都不是。你提的问题几乎不可能有更好的简短回答，虽然这个回答确实含有矛盾。之所以如此，正是因为你的生命存在于时间中，但你的永生却在永恒之中，因此你的永生也可以说不可毁坏，但不再存在——这又是一个矛盾陈述了。

色：如果我的永生不包括我个体的继续存在，那你的永生我可一个子儿也不愿意掏。

菲：也许你愿意还还价。假设我保证你的个体将继续存在，但此前得有三个月全无知觉的深睡状态呢？

色：我愿意。

菲：但既然你全无知觉，你就没有时光流逝的观念，因此你熟睡时，清醒的世界时间过去三个月或是一万年对你来说都是一样。因为不管哪种情况，你醒来时都只能猜想你睡了多久。因此你三个月还是一万年之后重获个体都是一样。

色：这倒不容易否定。

菲：但假设，现在一万年过去了，却忘了叫醒你，我想这算不上多大的不幸，因为你不存在的时间比你短暂的存在要长那么多，你对此已经很习惯了。不过可以确定的是，你一点儿也不知道你没被叫醒。如果你知道，推动你现在现象形式的神秘作用在这一万年片刻也没有停止，制造和推动着同类的现象，那你也会心满意足。

色：不，你不能这样骗我放弃我的个体。我已经约定，我的个体应继续存在，我不能让步，接受因机能和现象造成的存在的丧失。我，我，我要存在！我要的是这个，而不是靠别人说服才相信的我的存在。

菲：但看看四周，叫着“我，我，我要存在”的不止你一个，凡有一点儿意识的事物都是如此。因此，你的这种渴望恰恰不是你个人的，而是万物无一例外共有的——他并非来自你的个体性，而是来自存在本身。它存于存在着的万物内部，是万物存在的原因，因此存在本身就能满足这一渴望。这一渴望仅仅适用于此，而不是专门适用于某个特定的个体存在。有此热望的仅间接属于个体，直接而内在的是万物同具、始终如一的生存意志本身。这样，既然存在是意志的自由创造，乃至无非意志的反映，因此就不能脱离意志而存在。不过，意志只能暂时满足于存在，因为永不厌足的根本不可能被满足。个体对意志来说没有差别，无足轻重。表面上个体显得很重要，因为每个人不能直接认识意志，只能直接认识自己。结果，个体以更大的代价保有自身存在，而不是保有同类物种。这样说来，个体性并不完美，反倒是局限，没有个体性不是损失，而是收获。所以不要为自身存在忧虑。是的，如果你了解存在的真谛，看到你的存在是普遍存在的生存意志，这些忧虑对你来说就会是幼稚的、荒唐透顶的。

色：你才幼稚，你才荒唐透顶，你们哲学家都是这样。像我这样的成年人要是在你这样的傻子身上花几分钟，那全是为了打发时间。现在我有更重要的事情去做，再见！

论自杀

1

据我所知，只有一神教即犹太教的信徒把自我毁灭视为犯罪。尤其令人吃惊的是，无论在《旧约》还是《新约》中，都找不到对自杀的禁止，甚至找不到明确的反对。因此，宗教导师只好根据自己创造的哲学来反对自杀，然而他们创造的哲学根基太浅，缺少力量，为了弥补，他们不得不借助一些字眼的力量来表达他们对自杀的嫌恶，也就是说，他们求助于谩骂。于是我们听到，自杀是最怯懦的行为，只有心智失常的人才会犯下这种罪行，诸如此类的陈词滥调；或者毫无理由地宣称，自杀是“错误的”，虽然世间万物中，人最有权处置的是自己的生命。让我们暂且认定这一问题取决于道德情感，然后比较一下以下两个消息带给我们的感受：某个熟人犯下罪行，如杀人、施暴、背叛或偷窃，以及他自愿结束自己的生命。前者会引起强烈的愤慨，要求对他采取惩罚或报复；后者则激起惋惜和悲伤，我们很可能佩服其勇气，而不是给予道德谴责。谁没有亲友主动离开人世？人们想到他们时会心怀厌恶，好像他们是罪犯吗？依我看，反倒应该要求那些教士说说，他们凭什么在讲坛上或书桌上，把很多为我们所尊敬和热爱的人所做的一种行为定义为罪行，并拒绝体面地安葬那些自愿离开人世的人。他们从权威的《圣经》里找不到一点依据，也不能提出一条有力的哲学论证。很显然，人们需要的是理由，而不是空话和指责。即便刑法把自杀定为犯罪，这也不能成为教会这样做的理由，并且这绝对是一个荒唐的立法——什么样的惩罚能阻止一心求死之人呢？如果惩罚的是自杀的企图，也只有自杀未遂者才能受到惩罚。

唯一令人信服的反对自杀的道德论证是，自杀与实现最高道德目标背道而驰，因为自杀表面上是种解脱，却取代了从苦难世界的真正解脱。不过，这种错误和罪行相去甚远，但基督教的教士偏要说自杀是犯罪。

基督教的核心包含如下真理：苦难（十字架）是人生的真正目的，这就是它否定自杀的原因，因为自杀与此目的相悖，而古人立意较低，赞同自杀甚至将其视为荣耀。不过，这种对自杀的反对是出于禁欲的立场，因此必须站在比欧洲道德哲学家高得多的立场上看，这种论证才是有效的。如果我们降低这个立场，谴责自杀就失去了站得住脚的道德理由。因此，一神教的教士狂热地反对自杀——这种狂热既无《圣经》依据也无可信的理由——就一定有秘而不宣的理由：主动放弃生命，对那些宣扬一切皆善的人岂不是一种嘲弄？如果真是这样，那这就成了一神教强制人们乐观的又一例证。一神教谴责自我毁灭，以便不被自我毁灭的行为所谴责。

2

一般来说，惧生甚于畏死，人才会了结其生命。但对死亡的畏惧像看守出口的哨兵，阻止人自杀。如果生命的终点完全是否定性的，是存在的骤然停止，也许每个活人都已了结自己的生命。但死亡也有肯定性的东西：肉体的消灭。这对自杀是一种阻吓，因为肉体是生存意志的现象形式。

战胜畏死之心通常不像局外人看来那样艰难，原因在于精神痛苦和肉体痛苦的对立。肉体痛苦强烈或者漫长，我们就对其他烦恼无动于衷，我们关心的只是好起来。同样，剧烈的精神痛苦让我们对肉体痛苦感到麻木——我们轻视肉体痛苦。事实上，如果肉体痛苦能压倒精神痛苦，就能让我们忘记精神痛苦，获得片刻喘息，因此是有益的。正是这个理由让自杀变得容易：在精神饱受摧残的人看来，自杀引起的肉体痛苦变得毫无意义。

论女人

1

席勒的《女人的尊严》全诗内容丰富，对仗工整，但在我看来，远不如朱伊下列词句更能表达女人的美德：[1] 没有女人，我们人生的开端就没了安全，中途少了欢乐，终点缺了安慰。拜伦在《萨丹纳帕勒斯》[2] 里更为深情地说道：

---

1. 席勒（1759—1805），按传统说法为德国第二大诗人，诗作《女人的尊严（或美德、价值）》曾风靡一时，但他像瓦尔特·司各特一样，大部分诗作都是“劣作中的杰作”。他真正的才华在通俗戏剧，现在他的一些最出色的喜剧仍在上演。维克多·朱伊，剧作家。
2. 第一幕，第二场。

稚嫩的生命生长在女人的怀里
是她亲自教你牙牙学语
是她拭去你最初的泪滴
也往往是她
倾听你最后的叹息
当生命垂危
曾经追随她的男人
嫌脏怕苦，纷纷退避

两者都恰如其分地评价了女人的价值。

2

只要看一下女人受造的方式，就可了解女人生来不适合精神或肉体的劳动。她赎清生命之罪不是通过行动，而是通过受苦。她承受生产的痛苦，养育孩子，服从男人——女人理应耐心而快乐地陪在男人左右。大悲大喜、苦活累活不适合她。与男人相比，她的生命之河应平缓流动，波澜不惊，既非幸福得多，也非不幸得多。

3

女人适合做护士和幼师，恰恰由于她们本来就幼稚、愚蠢、目光短浅。一句话，女人终其一生都是大孩子，位于孩子和男人之间的过渡阶段。男人才是真正的人。你只需看看女孩如何和孩子玩闹，整天又唱又跳，然后自问，一个心地最善良的男人与之易地而处，能否作出同样的举动？

4

造化在女人身上设计了一种戏剧用语叫作舞台效果的东西，它让女人以余生为代价，拥有几年超凡的美貌和魅力，此时她让男人想入非非，神魂颠倒，愿意想方设法照顾她一辈子——如果纯粹出于理性的考虑，他几乎不太可能这么做。像对待所有生灵一样，造化用工具和武器装备女人，让她们在最需要的时候得到稳定的生活，同时造化也秉承了一贯的经济原则。雌蚁交配后翅膀脱落，因为翅膀对养育后代来说成了多余甚至有害的东西。大概出于同样的原因，女人经过一两次生产以后通常也就美貌不再。

5

某物愈高贵，愈完美，它成熟得愈晚、愈慢。男人 28 岁前，理性思考能力和心智还不甚成熟，而女人在 18 岁时即已成熟，成熟的也仅是某种理性思考能力，极为有限。如是，女人一生都是孩子，只能看到手边的事物，执着于现在，认表象为真实，宁要细枝末节而不顾切要之事。赖理性之力，男人不仅像动物那样只生活在当下，也思考过去和未来，从中发展出预见能力，也产生忧虑和烦恼，常常感觉焦虑。女人因理性力量较弱，理性带来的优点和缺点都更小。女人就心智而论是近视眼，她们能凭直觉看清周围，但视野太窄，看不到远处。因此，不在眼前的、过去的和未来的事物对女人的影响要比对我们男人的影响小得多，这使她们远较男人容易挥霍无度，有时濒于疯狂。女人从心底觉得：男人的任务是赚钱，而她们的任务是花钱。这在男人活着时还有可能，男人一死便无以为继。男人把挣来的钱交给她们，用作家用，更加深了她们的这种想法。女人的这种做法不管有多少缺点，也都有好的一面：女人比我们更注重现在，因此如果现状差堪忍受，她们就比我们更享受生活，这赋予她们快乐的性格，她们因此非常适合为忧心忡忡的男人带来欢乐，必要时甚至带来安慰。

像古代条顿人那样，遇到困难时咨询女人，这绝不是一个坏主意，因为她们看待事物的方式与我们截然不同，她们尤其善于看到达成目标最便捷的路径，看到手边的事物。而这些事物正因为就在我们眼皮底下，往往被我们忽略。另外，女人绝对比我们更加现实，看到的只是事物原貌，而我们一旦兴起，就容易夸大，耽于幻想。

也正是出于这个原因，女人对待不幸的人比男人显得更仁慈，更有同情心。但另一方面，她们不如男人那样正直、诚实、尽职尽责，这是因为她们理智力较弱，通常也就更容易受到当下的、可见的、直接相关的事物的影响，而不易受到抽象观念、前贤遗教、所作决定的影响，总的说来不去顾及远处的、过去的和未来的事物。因此，她们虽具第一种美德，却缺少第二种美德。第一种美德虽然最重要，要想达成却非第二种美德不可。人们因此可以说，女人性格中最大的缺点是缺少正义感，最重要的原因是她们缺乏理性和反思能力，还有一点也很重要：女性软弱，不能依靠强力，只能依靠狡诈，所以女人生来精明，天生喜欢说谎。正像造化为狮子装备了利爪尖牙，为大象装备了长牙，为野猪装备了獠牙，为牛装备了牛角，为乌贼装备了墨汁，它也为女人装备了伪装的能力，供其攻防之用。造化给了男人强壮的体魄和聪明的头脑，但又通过女人伪装的天赋，变相地把男人的力量给了女人。伪装是女人根深蒂固的天性，最愚蠢的女人和最聪明的女人在这方面往往一样。女人一有机会就伪装，这对她们来说就像动物一遇攻击就采取防卫一样天经地义，而且她伪装时感觉好像只是在行使她的权利。不去伪装、完全真实的女人几乎没有。正因为这样，女人能轻易地看穿他人的伪装，想在女人面前装假委实不明智。不过，上述女人的最大缺点及其他相关缺点产生了虚伪、不忠、背叛和忘恩负义。做伪证的女人要比男人多得多，是否应该允许女人宣誓都值得怀疑。

6

为保证人类的繁衍，造化选择了年轻、精壮、英俊的男人，这样种族才不会退化。这是大自然确定不移的意志，意志的表现则是女人的激情。这一法则最为古老，也最为有力。让我们为那些想在这一法则支配下谋求权益的人哀悼吧，因为一旦与此法则抵触，无论他们说什么，做什么，都会被无情地粉碎。因为女人的道德观念虽然隐秘，未曾说出甚至未被觉察，但确是根深蒂固的：“我们有理由欺骗那些把个体权利凌驾在种族利益之上的人，因为他们对女人贡献太少。未来一代要由我们生产，因此种族的强弱和兴衰交付到我们手里，由我们培育。让我们尽职尽责地承担起这个责任吧。”不过，女人不是凭借抽象观念而是凭借个人直觉意识到这一最高法则，她们只能待机会来临用行动来体现这一法则。之后，女人并不像我们设想的那样受到良心的谴责，因为她们心底最黑暗的角落明白：虽然她们的责任与个体相悖，但她们能更好地担负起种族的责任，相比之下，种族的福祉要重要得多。

女人基本上只为种族的繁衍而活，并以此为全部事业，所以她们更关注种族而不是个体，心里也以种族为重，个体为轻。这让她们的性情和举止略显轻佻，总的说来与男人倾向不同。这就是为什么夫妇不和经常发生，甚至司空见惯了。

7

男人和男人天生仅是陌生人，但女人和女人天生就是敌人，原因无疑是同行相轻。男人相轻仅限于同行之间，女人相轻则包括全部女性，因为女人的行业都是一样。就算只在街上走走，她们打量对方的眼神也像归尔甫派和吉伯林派[1]。两个女人第一次见面，肯定比男人见面要多些矜持和虚伪。两个女人互相赞扬，听起来要比男人之间的赞扬更可笑。另外，男人面对地位比自己低得多的人，通常都保留些体恤和人情，上流社会的女人对地位低于自己的人（非指仆人），那种高高在上、不屑一顾的样子让人难以忍受。也许这是因为在女人那里，不同地

---

1. 中世纪意大利的两大对立派别。归尔甫派反对神圣罗马帝国皇帝，效忠教皇；吉伯林派正好相反。——译者注

位的差异更难保持，改变或推翻得更快，因为改变我们地位的因素有上百条，对女人来说却只有一个决定因素：她吸引到的是哪个男人。另一个可能原因是，因为女人都从事同样的职业，她们之间的距离要比男人小得多，因此也就更强调地位的差异。

8

女人矮小、削肩、肥臀、短腿，只有被情欲冲昏头脑的男人才会称其为美，女人的美都来自男人的情欲。女人不应被称为美，而应被叫作不懂审美。无论是音乐、诗歌，还是造型艺术，她们都无动于衷或麻木对待。如果她们装作喜欢，那不过是为了取悦他人而装腔作势。这是因为她们不能对任何事情产生纯客观的兴趣。我想原因如下：男人无论做什么，都力图对事物取得直接的控制，或知晓其意义，或驾驭以强力；但无论何时何地，女人都退而求得间接的控制，通过男人来控制事物，因此女人直接控制的只有男人。因此，出于天性，女人把一切都看成俘虏男人的手段，她们对其他事物的兴趣都是假的，都是迂回路线，无非是卖弄风骚，惺惺作态。看看女人在戏院、歌剧院或者音乐厅里的表现吧，她们像孩子一样漠不关心，即便是最伟大的作品最华彩的段落，她们照旧聊个不停。古希腊人不让女人进戏院，如果真是这样，那他们做对了——人们至少应该能听到演的是什么。实践证明，世界上最聪明的女人也不能在艺术上独树一帜，有所造诣，甚至也不能制造出任何有持久价值的东西，考虑到这一点，人们又能对女人指望什么？这在绘画上尤其突出。女人像我们一样能够掌握绘画技能，事实上也画个不停，但连一幅杰作也画不出，原因正在于她们的头脑全无客观可言，而客观恰是绘画最基本的要求。偶有例外并不能改变这种情况：女人就整体而言，是俗不可耐、不可救药的非利士人，并将一直如此。由于一种荒唐透顶的安排，她们可以享有丈夫的头衔和称号，所以她们不停地鼓动丈夫去实现那些卑劣的野心。从任何一方面说，她们都是第二性，劣等性别。人们可以对女人的弱小怀有同情，但尊重她们则太过荒谬，即便是女人也会因此认为我们自降身份。古人和东方人就是这样看待女人的，他们给女人一个合适的位置，做得比我们强得多。我们还固守古代法国的骑士精神，以及无聊的尊重女人的观念，这是基督教——

日耳曼式愚蠢的登峰造极之作，这只会让女人粗鲁傲慢，有时让我们想起贝拿勒斯[1]的神猴——那些猴子知道自己是神圣不可侵犯的，就以为可以为所欲为。

西方的女人，即“太太”，她们的位置摆错了——因为女人绝不应成为我们尊重的对象，不应比男人更趾高气扬，或者享有和男人一样的权利。摆错位置的后果是非常明显的。在欧洲，如果也能让女人这种次等人重归其位，并对尊其为“太太”这种不正常的现象加以限制，那将是一件大好事，欧洲的社会生活、公众生活和政治生活都将大为改观。所有的亚洲人对“太太”现象都会发笑，希腊人和罗马人如果能看到，也会笑出声来。欧洲的太太本不该存在，应该存在的是家庭主妇和希望成为主妇的少女，因此少女应受的教育不是傲慢自矜，而是家政和顺从。正因为欧洲有太太的存在，女性中地位较低者，即大多数，要比同样地位的东方女人不幸得多。

1. 印度东北部城市，现称瓦腊纳西。——译者注

9

在我们实行一夫一妻制的社会里，结婚意味着享有一个人的权利，却担负两个人的义务。不过，法律在承认男女平权的时候，也应同时赋予女人男性的理性思考能力。实际情况是：法律赋予女人不正当的权利越多，实际享受其好处的女人越少。其他女人被剥夺了正当的权利，其人数与享有不正当权利的女人相同。原因在于，一夫一妻制和相应的婚姻法认为女人和男人完全平等（实际绝非如此），结果女人享有本不该属于她们的特权，结婚意味着签订了极不平等条约，小心谨慎的男人在作出如此大的牺牲之前往往犹豫再三。在一夫多妻制的社会里，每个女人都能得到充分的照料，而在一夫一妻制的社会里，已婚女人的人数是有限的，总有很多女人无依无靠，她们若处在上流社会，则孑然终老；若处在底层社会，则被迫从事力所不逮的体力劳动，或被迫卖笑为生，其生活既无欢笑亦无尊严，但由于风气使然，她们对男人的满足是必要的，因此也就形成了一个阶层，得到承认。正因为她们的存在，有男人依靠或有望依靠男人的女人才得以保全脸面。

仅伦敦一地便有八万妓女。如果不是成了一夫一妻制的牺牲品，她们的生活又会是什么样子？这些可怜的女人不可避免成了傲慢虚伪的欧洲太太的对照和补充。一夫多妻制对女性整体是件好事。另外，妻子长期患病，或不能生育，或日渐衰老，男人为什么不能再找一个妻子？这样做没有理性的根据。

毫无疑问，一夫多妻制处处可见，应该实行，问题只是如何规范。谁又真正实行一夫一妻制呢？我们都生活在一夫多妻制的社会，至少曾经如此，而结果通常不错。既然每个男人都需要很多女人，那么男人有权利，实则有义务养活更多的女人，这再合理不过了。这也意味着，女人回归本该属于她们的位置，顺从男人，无端索求尊敬和礼遇的太太制度废除了，世界上将只有女人，不再有不幸的女人——这样的女人在欧洲遍地皆是。

论独立思考

1

最大的图书馆如果摆放混乱，还不如小图书馆合用，同样，你可以积累大量知识，但如果不动脑思考，远不如只掌握少量知识，因为只有通过比较各个事实，所知才井然有序，知识才被完全掌握，为你所用。所思必为所知，故应求知；反过来，唯思之方能知之。

你可以自发致力于阅读和学习，但无法致力于思考，思考须被激发，正如火焰须借风势。对思考的对象有兴趣，思考才会继续。兴趣也许是客观的，也许仅是主观的。主观的兴趣仅针对与己相关的事物，客观的兴趣则只属于生而好思之人，对他们来说，思考就像呼吸一样自然。此类人少之又少，正因为这样，大多数学者都难得思考。

2

独立思考和阅读别人的思想，两者对头脑的作用迥异。因此，一开始决定一个人思考或者阅读的因素，差别会越来越大。阅读把不合头脑心境或意愿的思想强加给头脑，就像印章把图案印在石蜡上。头脑全然受制于外部的压力，被迫这样想或那样想，而头脑对此并无意愿或情感上的准备。相反，独立思考时，头脑遵循自己的意愿，思考更大程度上取决于切近之物或者某种记忆。与阅读不同，眼前的事物不会把任何思想强加给头脑，只是提供思考的环境和内容，让头脑去想适合其本性和心境的事物。因此，读得太多会让头脑僵化，正如不断对弹簧施压会让它失去弹性。要想一点自己的想法都没有，最好的方法就是手不释卷。故而，博览群书让大多数人变得更加乏味和愚蠢——他们本不该如此——也剥夺了他们的写作能力。用蒲柏的话说，他们永远在读别人，却从来没人读他们。

3

概而言之，只有我们自己的基本观点才真切，才有生命力，因为我们彻底了解的只有这些。我们读到的他人思想是别人桌子上掉落的面包屑，是陌生来客丢掉的旧衣服。

4

阅读只是独立思考的替代品，阅读意味着让别人左右你的思想。此外，很多书只不过为了说明错误的路有那么多条，听从其指导会怎样误入歧途。只有在自己思想枯竭的时候——这在最智慧的人身上也时有发生——才应该读书。不过，驱除自己的思想来为书籍让路是对圣灵的犯罪，这就好像是抛弃缤纷万象，以便观看植物标本或风景雕刻。

有时，自己苦思良久发现的真理或洞见，可在书中轻易找到，但独立思考得出的结论要宝贵一百倍。只有这样，真理或洞见才能进入你的思想体系，成为不可分割的一部分，成为其中的一员，它和你的思想体系严丝合缝，与其他推断和结论和谐共存，带有你自己思想模式的色彩和印记。它随叫随到，将牢牢扎根在你的头脑中，永不磨灭。这极好地印证乃至诠释了歌德的诗句：

遗产虽为先辈所留
唯先争取方能占有

独立思考者先得出观点，才知道权威说法，因此权威说法无非印证自己的观点。书斋里的哲学家却从权威说法出发，通过收集别人的观点形成自己的观点。后者与前者相比，正如机器人与活生生的人。

学而知之的真理之于我们，正如假肢、义齿、蜡制的鼻子，充其量像移植的皮肤。思而得之的真理则像生来就有的四肢，只有它真正属于我们。这也是思想家和纯学者之间的差别所在。

5

把时间花在阅读上，从书中获取智慧，就像从旅游手册上了解某个国家一样，人们可以得到很多事物的信息，但归根结底，他们对那个国家是什么样子却没有真切、明确、彻底的了解。相反，把时间花在思考上则像亲自造访一个国家，他们熟悉该国，对它有真切的认识，身处其中如鱼得水。

6

独立思考的人之于一般书斋哲学家，就如亲历者之于历史学家，前者用切身体会说话。因此，一切独立思考者原则上都是一致的，歧异只来自立场的不同，因为他们都只是表达他们的客观理解。反之，书斋哲学家记录此人如何说、彼人如何想、他人如何反对，等等，然后他比较、权衡、批评这些论述，以图达到真理，这一点他正像历史批评家。

7

经验本身如阅读一样，只是思考的替代品。经验之于思考，正如吃饭之于消化和吸收。经验主义吹嘘只有它通过种种发现才推进了人类的知识，就像嘴巴吹嘘只有它才延续了躯体的生命。

8

一流头脑的特征是，凡有判断都出自第一手资料。这样的头脑产生的思想都是独立思考的结果，从他们对思想的表达上也处处可以看出这一点。真正独立思考的人像是君王，不肯居于人下。他的判断，就像君王的决定，直接来自他的绝对权能。他不再接受权威，正如君王不受命于人。除了他自己确定的，他不承认任何事物是有效的。

9

在现实领域，不管我们觉得生活多么美好，多么幸福和快乐，我们仍始终处在重力的影响之下，对此我们要不断克服。相反，在思想领域，我们是无躯壳的灵魂，摆脱了重力，没有需求也没有忧虑。这就是为什么世上没有任何快乐能比得上优美多产的思想的灵光闪现。

10

很多思想对思考者来说具有价值，但只有其中一小部分写下来能引起读者的兴趣。

11

只有当出发点是为了给自己提供导引的时候，你的思考才有价值。思想家可分两类：第一种出发点是为了指导自己，第二种是为了指导他人。前者是真正的独立思想家，当得起“独立”和“思考”两个词。他们是真正的哲学家。他们本就认真，他们生活的乐趣和幸福在于思考。后者则是诡辩家，他们想装得像思想家，他们的快乐来自他们希望从别人那里得来什么，这才是他们看重的。一个人属于前者还是后者，可从他的整体风格和方式一眼看出。利希腾贝格是前者的典型，赫尔德[1]无疑属于后者。

12

生存暧昧不清，充满痛苦，转瞬即逝，犹如幻梦。生存问题如此严峻和迫切，一想到它，其他问题和目标都相形见绌。除了极少的例外，人们对此并无明确的认识，甚至好像全无觉察，而只关心此外的种种，或仅为今日及今生动动脑筋。他们或者断然拒绝考虑生存问题，或者满意于一些流行的形而上学观点。我想，每念及此你都会认为：人类被称为“思考着的生灵”，是仅就该词的最广义而言。再见到人们不思考或做蠢事，你

1. 利希腾贝格（1742—1799），格言作家，讽刺作家。赫尔德（1744—1803），神学家，哲学家，文人。

也会见怪不怪。相反，你会认识到，动物的整个生命仅是一连串的现在，对过去和未来毫无觉察，一般人的智力范围虽然大于动物，但并不像通常所想的那样大得没有边际。

箴言集

➛ 论哲学及智力

1

认识和求知的基础在于不可解之物。每一条解释，中间阶段或多或少，最终都引向这里，正如触探海底的铅锤，或深或浅，但迟早会在某个地方触到海底。对不可解事物的研究衍生了形而上学。

2

当智力服务于意志即实用时，只存在个别的事物；当智力醉心于艺术和科学，即因其自身而活跃时，只存在普遍观念和整体类别，以及关于事物的理式。即便雕塑家在雕刻个别物体时，他也在试图刻画理式和类别。究其原因，意志之所图所求只是个别事物，只有个别事物才具有经验意义上的真实性。相反，观念和种属只能非常间接地成为意志的对象。这就是为什么常人不懂普遍真理，而天才则忽略个别事物——对于天才来说，被迫要与实际生活中的个别事物打交道，是个不堪其负的苦差事。

3

哲学思考的两个基本要求是：第一，直面问题，绝不退缩；第二，不言而喻的，要清醒对待，加以质疑。最后，头脑若要进行真正的哲学探讨，必须无拘无束——它不能有特定的目的或目标，因此也就摆脱了意志的诱惑，从而彻底接受可感世界和自身意识的导引。

4

诗人用意象来展示自己的想象，意象来自生活、人的性格或境遇。他们调动意象，让意象尽可能占据读者的心灵。故而，虽然贤愚殊途、才具迥异，人皆受诗人吸引。相反，哲学家展示的不是生活本身，而是从生活中提取的完成了的思想，因此要求读者也能如己一般严密而深入地思考。唯其如此，哲学的读者少之又少。诗人好比示人以花朵，哲人好比示人以花香。

5

哲学有一个古怪而不足取的定义：纯由观念构成的科学，连康德也如此定义哲学。观念所包含的，仅是从感性知识那里乞讨和借用来的东西，感性认识才是所有洞见真正的不竭之源泉。因此，真正的哲学不能来源于纯抽象的观念，而应立足于内在和外在的观察的经验。将实验和概念相结合，也不能取得任何有价值的哲学成就，但这种做法在古代很常见，当代的诡辩家尤爱采用——我指的是费希特和谢林，黑格尔所做的尤其令人反感，施莱尔马赫在伦理学领域也是这样做的[1]。哲学恰如艺术和诗歌，必须根植于对世界的感知。不管大脑多想高高在上，哲学也不应该是冷冰冰的——整个人，包括大脑和心灵，自始至终都冷眼旁观，不为所动。哲学不是代数，相反，正如沃韦纳格[2]所说："伟大的思想来自心灵。"

6

仅有敏锐，能使你成为怀疑论者，却不能让你成为哲学家。从另一个方面看，怀疑主义之于哲学，正如反对派之于议会，不仅是有益的，而且是必要的。怀疑主义无所不在，因为哲学无法提供数学所提供的那种证据。

---

1. 费希特（1762—1814）、谢林（1775—1854）、黑格尔（1770—1831）都是当时最有影响的哲学家，也是叔本华不断攻击的对象。施莱尔马赫（1768—1834），神学家，叔本华批评宗教上的"唯理主义"时，指的就是施莱尔马赫。
2. 沃韦纳格侯爵（1715—1747），法国意义上的"道德学家"。

7

我们把一些命题叫作理性的必然要求。对这些命题，我们未经审查即认其为真，我们对此深信不疑，即便想要对其认真审查也无能为力，因为那样做我们就得暂时对其存疑。我们完全听信这些命题，因为当我们刚刚说话和思考的时候，就有人不停向我们灌输这些命题，使之根深蒂固。因此，思考这些命题就像思考本身一样古老，乃至二者不可分离。

8

人们喋喋不休地说：自然科学成就巨大，相比之下，形而上学进展甚微。但又有哪种科学能像形而上学那样，无时无刻不受到权贵、公众、保皇党人全副武装的反对？只要人们要求形而上学去适应教条，它就不能发挥全部力量。各种各样的宗教，或在早期将教条加诸形而上学而使之僵化，或禁止、压制形而上学自由无碍的表达，从而占据了人类的形而上学倾向。因此，人类对最重要和最有趣事物的考察，对其自身存在的考察，或被间接阻碍，或因思想受制而无力实行，人最崇高的倾向乃被重重枷锁禁锢。

9

我们很难发现真理，最主要的原因并非事物呈现假象而导致谬误，也非直接源于推理能力的薄弱，而是由于成见和偏见——这些伪前提挡住了通往真理的道路，就像逆风将船吹离陆地，扬帆转舵均无济于事。

10

普遍真理之于个别真理，正如金币之于银币。普遍真理能转化成诸多相关的个别真理，正如一枚金币可以兑换成一些零钱。

11

从一个命题只能引出此命题所蕴含的东西，即其显义与隐义。但两个命题如构成三段论的前提，则可引出两个命题均不具有的东西，正像身体乃各部件凑合而成，但其性质则为任一部件所不具备。逻辑推论的价值正在于此。

12

光明之于外部的自然界，正如智力之于内部的意识界。智力关乎意志，因此也就关乎身体机能——客观看来，意志即身体机能。这种关系类似光明与可燃物及助燃的氧气的关系。可燃物产生的烟雾愈少，光明愈纯粹；同样，智力与产生它的意志脱离得愈完全，智力愈纯粹。不妨打个更宽泛的比喻：可以把人生看作燃烧的过程，智力就是此过程产生的光明。

13

结合解剖学发现的事实，对自身稍作客观观察，即可得出结论：智力、其物质载体大脑，以及附属的感觉器官，无非是对外部影响的强烈领受，并不构成我们本原的实在。因此，智力之于我们，并不如动力之于植物，或重力与化学力之于石头，在这些形式中只有意志存在。我们的智力无非相当于植物对外部影响的领受，对物理作用和化学作用、对促成或阻碍其生长繁茂的一切的领受。只不过，在我们身上，这种领受升至极高的强度，整个客观世界和理式世界都借此显现。因此，这也是理式世界得以客观化的原因。更形象一点，你可以想象世界上并无动物，那世上便没有可以感知世界的东西，因此世界实则根本没有客观存在。现在设想一些植物紧紧挨着破土而出，各种事物开始作用于它们：空气、风、此植物对彼植物的压力、湿度、温度、光照、电流，等等。设想植物对此类影响的领受渐次增强，将发展出感觉，以及将感觉归因的能力，最终将发展成知觉。世界因而在时间、空间和因果关系中显现。然而，知觉仍只是外部影响对植物领受能力作用的结果。这一图景很好地说明了外部世界仅是现象的存在，使之变得可解。究其原因，知觉无非来自外部影响与积极领受之间的关系，的确没人愿意断言：假定作用于植物的所有自然力，其客观、内在和本原的构成即是如此，即自在之物的世界即是如此。这一图景因此也揭示了：为什么人类智力的范围如此狭窄，正如康德在《纯粹理性批判》中所说的那样。

14

不消说，一有好的想法便应用笔记下。我们有时会忘记做过什么，因此更常忘记想过什么。不过，想法并非我们招之即来，而是遵从自己的意愿。相反，对于那些我们从外界接收来的完备的思想，我们只是学而知之的东西，我们能从书本上再次遇到的观点，最好不要记下，因为一旦记下什么，你就把它付诸遗忘。对待记忆，你得苛刻而专制，这样记忆才能俯首帖耳。例如，有时候我们记不起一行诗句或一个单词，你不应该去查书，而应数周时间不时绞尽脑汁，直到记忆履行其职责。你为某事物开动脑筋的时间越长，一旦获得它就会越牢固。

15

思想的质量（思想的形式价值）来自内部，来自思想的方向；思想的内容则来自外部。因此，我们某时的想法是两种截然不同的因素的产物。正因为这样，思想的对象与头脑的关系正如琴拨和琴弦的关系。这也是为什么看到同样的事物，不同的人会有不同的想法。

16

从以下事实即可见出，常人的智力多么琐碎和片面，人类意识又是多么含混不清：尽管人生朝生暮死、充满变数、迷雾重重，人们却都不去进行坚持不懈的哲学探索。除了极少的例外，大多数人浑浑噩噩地过此一生，与动物没有多大区别，他们与动物的最终区别只是他们能为未来几年作一些筹备。如果他们偶有思考形而上问题的需要，也有各种宗教自上而下事先提供给他们思考的结果。他们有宗教就够了，不管是什么样的宗教。

17

人们几乎相信，我们的思考有一半是不自觉地发生的。我们达成一个结论时，通常并未认真地思考引出此结论的前提。这明显体现在下列事实中：有时某事发生了，我们不可能预知其后果；它对我们自身会有什么影响，我们更不可能作出估计；但它却对我们的整个情绪造成了实实在在的影响，让我们由喜转悲，或由悲转喜，这只能是不自觉思考的结果。在下述事例中这一点体现得更加明显：我对一些理论问题或实践问题掌握了一些实际资料，我并没有再去想它，但几天以后，问题的答案不请自到，呈现在我的脑海中，然而，为什么会这样，对我来说，就像加数机一样，是个不解之谜。这又是一个不自觉思考的例子。几乎可以作一个大胆的生理学假设：自觉思考发生在大脑表面，不自觉思考发生在大脑内部。

18

生活单调沉闷，一段时间以后，人们会发现生活枯燥得难以忍受。幸好，知识和洞见不断推进，我们对事物的理解甚至变得更好、更清晰，这或是经验使然，或是因为我们在不同的人生阶段也在经历着变化，观点或多或少总在改变，因此事物向我们呈现出未知的方面。因此，虽然我们的心智能力在退化，“苟日新，日日新，又日新”仍颠扑不灭，同一事物显得新鲜和不同，带给人生常新的兴味。

19

我们对某事物已有一定之见，对与之相关的新观点就会采取防卫和否定的态度，这很自然。新观点像一个敌人，突破进入我们自身信条的封闭体系，打破了我们由此体系而得的心灵的平静，要求我们付出额外的努力，并宣布此前的努力作废。因此，将我们从错误中拯救出来的真理就像药水，不仅味道苦涩难忍，而且不能立竿见影，须经一段时间才发挥效力。

如果说，一个人容易抱残守缺，一群人情况则更糟。一旦人们有了某种观点，不管经历多少，无论怎样引导，均是徒劳。因此，有一些谬见极为普遍，根深蒂固，无数人每天都在心满意足地重复。我列了一个谬见的清单，其他人可以续写：

1. 自杀是懦弱之举。

2. 不信他人是因为自己不诚实。

3. 真正的价值和才能都是朴实无华的。

4. 疯子极其不快乐。

5. 可以学会哲学思考，但学不会哲学（反之亦然）。

6. 悲剧比喜剧好写。

7. 哲学会让人远离上帝，深研哲学会让人重归上帝——自弗朗西斯·培根之后人们一直这样说。

8. 知识就是力量。一派胡言！有人学识渊博，但知识没给他一点权力；也有人权势熏天，却几乎没有知识。

这些大多是鹦鹉学舌，未经深入思考，仅仅因为人们第一次听说时，觉得这些观点听起来很睿智。

20

智力是强度的单位，不是广度的单位，就智力而论，一人可抵千人，但一千个蠢人加起来也顶不上一个智者。

21

可怜的平庸之辈到处泛滥，他们缺乏两种密切相关的能力：达成判断的能力和形成自己观点的能力。但不是平庸之辈，就无从了解他们能力的缺乏，也无从了解他们生活的可悲。不过，正因为能力的缺乏，胡涂乱写才能在各国大行其道，超凡脱俗之人才命途多舛。真正的思想和艺术在某种程度上都试图将伟大的头脑置于渺小的人群之上，无怪乎此类尝试难以实现。作家要提供乐趣，须在其思考方式和读者的思考方式之间取得某种一致，两者越是一致，提供的乐趣越大。伟大的心灵只能对另一个伟大的心灵心领神会。出于同样的原因，拙劣或平庸的作家在深思的心灵中引起的是反感和厌恶。和大多数人谈话甚至也有同样的效果，每一步都感觉格格不入。

22

植物的生命只是简单的生存，因此植物生命的乐趣完全是主观、麻木的满足。动物有了认识，但认识仅为其动机服务，实际上服务于当前的动机。这就是为什么动物和植物一样，只要活着，活完一生，就感到心满意足。因此，它们可以几个小时一动不动，并不思考，只是观望，但并无不满或者不耐。只有极聪明的动物，如狗和猿，才会感觉无聊，才有行动的需要，因此它们喜欢游戏，因此它们盯着过路的人看，以此自娱。这方面它们很像随处可见、透过窗户盯着我们看的人，但当我们发现它们是学生，我们就会气愤不已。

只有在人身上，认识，即对他物而不仅仅是自身的意识，才达到了一个高度，并借理智上升为思想。结果，除了单纯的存在，人的生活也有了认识本身。在某种意义上，认识使他超越了自身存在，而在其他事物中获得了第二个存在。不过，人的知识也大多限于为其动机服务，虽然并非总是当下的动机。动机总的来说被称为“实用知识”。相反，受到好奇心鼓动或者需要消遣时，人通常会有自由的，即无目的的知识。不过，这种知识每个人都有，即便仅限于此。同时，当动机消歇，人的生命很大程度上只是单纯的存在，人们的交际即是明证：人们迎来送往，照章办事，主要是待在一起，他们根本不交谈，顶多言辞空洞地说上几句。事实上，大多数人即便不自觉，心底也决意“得过且过，动脑越少越好”，他们把这当作最高行为规范，当作自己的座右铭，因为思考对他们来说太过沉重和艰巨。因此，他们只想谋生糊口所必需之事，只想消遣娱乐所要求之事，这也是他们交谈和娱乐的内容，但交谈和娱乐必用最少的思考就能办到。

只有智力超出生存所需时，认识才多少成为自身的目的。智力的天职是为意志服务，仅仅体察事物之间的关系，因此，如果智力擅离职守以保持纯粹的客观，那将是相当罕见的，艺术、诗歌和哲学的起源正在于此，乃无意得之。就其本质而言，智力是劳工，意志是监工，让它从早到晚忙个不停。但如果有一天，这任务繁重的劳工利用空闲时间主动创作一件作品，出于自己的意愿，没有什么目标，只想做点什么让自己满足和开心，那他创作的必是一件真正的艺术品，推而极之，一件天才之作。

像这样纯客观地运用智力，不仅见于一切艺术、诗歌和哲学成就，总的说来也见于一切纯科学的成就。在纯科学的研究和学习中，在对任何主题的自由思索（即无关个人功利的思索）中，这样的智力运用已经出现。即便几句简单的交谈，如果主题是纯客观的，无关谈话者的利益因此也无关其意志，同样需要客观地运用智力。纯客观运用智力与主观运用智力——即为个人利益运用智力，不管多么间接——相比，如同舞蹈与走路之间的关系。像舞蹈一样，客观运用智力是多余精力的释放，没有什么目的；相反，主观运用智力显然合乎天性，因为智力就是为服务意志而产生的。在工作和个人努力中，在一切关乎个人事物和物质的谈话中，在吃喝玩乐中，在有关谋生的种种事物中，在任何一种功利的考虑中，都有智力的主观运用。的确，大多数人不能将智力用作他用，因为对他们来说，智力只是服务于意志的工具，智力全部用于这个任务，毫无保留。正因为这样，他们才变得这么乏味，这么古板，不能进行客观的交谈。从他们的脸上似乎可以看到，智力被牢牢捆在意志之上。因为这样，他们的表情常常给人目光短浅的印象，令人压抑，但这无非表明：他们整个知识储备受制于自身意志。我们可以看出，特定意志为达成其目的需要多少智力，他们就有多少智力，多一点也没有。因此，他们外表粗俗，一旦没有意志的驱使，智力就停滞不动。他们对什么都没有客观的兴趣。如果事物与他们没有直接的或者至少是可能的关系，就引不起他们的注意，更不必说触动他们的心灵。机智或幽默甚至显然都不能打动他们，需要动一点脑筋的事情他们都痛恨。低俗的滑稽顶多让他们大笑几声，除此之外，他们就是麻木的野人。凡此种种，都是因为他们只能产生主观的兴趣。这也正是打牌为什么成了最适合他们的娱乐，因为打牌赌钱和舞台剧、音乐、交谈不同，它不属于纯粹的认识，而是对意志的调动——意志是无所不在的首要因素。除此之外，他们从生到死都是商人，是天生为生活奔波的苦工。他们的一切快乐都来自感官，其他快乐他们感觉不到。和他们交谈只能谈生意，不能谈别的。和他们交往是自降身价。相反，两个能对智力进行某种纯客观运用的人，他们的交谈是自由的智力游戏，虽然他们谈话没有实质内容，只是嬉笑怒骂。这样的交谈实际上像双人舞或群舞，而另外一种交谈则像正步走：一个挨一个或一个跟一个，只为了到某个地方去。

天才喜欢对智力进行自由的因此也是超常的运用，而且他们有这个能力，这样在天才那里，知识成了整个人生最重要的事情和目的，他自身的生存反倒退居其次，仅仅是一种手段。这样，正常的次序完全颠倒了。有了对世界的认识和理解，天才不是生活在一己之内，而是生活在世界之中。他的认知能力完全向着超常的方向发展，因此他不可能把时间都花在单纯的生存及其目的上，他的头脑需要保持充实和活力。他因此不能淡然经历人生百态，像常人一样对日常生活热衷关切。一般的智能适合一般的现实生活，因此天分在常人眼中成了病态，甚至像所有超常之物一样，成了阻碍。由于智能的增强，对外部世界的直觉体认极为客观明晰，远远超过意志所需，反倒妨碍了智力为意志服务，因为他们考虑的是现象本身，为现象本身而考虑，而不去考虑现象与个人意志的关系，或现象与现象的关系，因此也就干扰和妨害了对这些关系的考虑。要服务意志，对事物作些肤浅的思考就足够了。我们只需考虑事物与目的的关系，以及目的与什么有关。因此，我们考虑的只是关系，此外的一切一概视而不见。客观充分地思考事物的本质，会削弱这种认识，使之陷入混乱。

23

诚然，天才与常人的智力只有量的区别，即只是程度的区别。不过，常人尽管个个不同，却都有固定的思维模式，因此常常众口一词，赞同一些实则错误的判断，乃至怀抱一些基本观念，一代代流传重复；而每个时代的伟大思想家都或公开或秘密地反对这些观念。考虑到这一点，我们难免要说：天才与常人的智力是质的区别。

24

在天才的头脑里，理式世界极为清晰，并鲜明地显现出来。最有分量和最深刻的思想不是通过对个别和孤立的事物苦苦观察而得的，而是要尽量全盘考虑。故而，人类有望从天才那里得到最深刻的指导。因此也可以说，天才对事物有极为清醒的认识，所以对与事物相对的人也有着清醒的认识。有能力揭示事物及人类本质的天才，人类应当崇敬。

25

若要赢得同时代人的感激，你要与他们步调一致，但这样你就无所建树。若有不凡的想法，你得对后代说。的确，这也许会使你在同时代人中默默无闻。你好像被迫在荒岛上度过一生，辛辛苦苦树立起纪念碑，好让后代的海员知道你曾经存在过。

26

能人为金钱和名誉而工作，但天才苦苦耕耘的动机却不容易确定。不是钱，因为天才很少有钱；也不是名，名誉太不确定，更深一层考虑，价值甚少。严格地说，天才工作也不是为了自己的乐趣，因为付出的大量辛劳几乎超过了获得的乐趣。不妨说，天才工作是出于某种奇特的本能，他们对其他动机并不了解，只是不得不付出长期的劳作，表达他们的所见所感。笼统而论，树木结果也出自同样的必要，它向世界索取的只是一块土壤，好让它开花结果。更深一层考虑，似乎在天才身上，生存意志像人类精神一样发觉，智力罕见地暂时明澈起来，现在它要为全人类索取明澈思想之所得——这实则也是天才的本性——以便让天才的思想之光照亮常人暗昧无知的头脑。正是这个目的驱使天才孤军奋战，不求回报、掌声和同情，甚至忽略个人安乐，更多地想着后代而不是当代，因为他的时代只会把他引入歧途。天才把他的工作当成神圣的事业，当成自己存在的真正目的，当成全人类的财产，他留下作品，为了更能理解他的后代。这成了天才最重要的目标，为此目标，他头戴荆冠，但荆冠总归会长成桂冠。他努力完成并守护着他的作品，坚定得就像守护虫卵、孵育未来族群的昆虫——虽然它看不到那一天。它把卵产在一个地方，知道那里有一天会有新的生命茁壮成长。然后，它心满意足地死去。

论美学

1

美的形而上学，其核心问题可简述如下：客体与欲望无关，如何能引起我们的愉悦？

我们都认为：某物只有与我们的意志或我们习惯所称的目的发生关系，我们对其才能产生愉悦，因此有愉悦而无意志的激发，听起来像是自相矛盾。美与我们的个人目的即意志无关，但显然能引起愉悦。

我对这一问题的解答是：在美的事物中，我们总能觉知生物界与非生物界内在和本原的形式，即柏拉图所说的理式，由此衍生了无意志参与的认识主体，即无关目的或意愿的纯粹智能。这样，当审美发生时，意志完全从意识中消失，而意志是我们所有烦恼和痛苦的唯一根源，审美伴随的愉悦感由此产生。痛苦连根去除，愉悦因此建立。有人也许会反对：如果那样，愉悦也会连根除掉。不要忘记，我常说，喜足无非是痛苦的消歇，其本质是否定的，痛苦则是肯定的。因此，当欲望全从意识中消失时，仍有愉悦产生的条件——愉悦是无痛苦，此时痛苦甚至无从产生，人从意欲着的主体一变而为纯认知的主体，但仍对自身及其行动了然于心。我们知道，作为意志的世界是第一世界，作为理式的世界是第二世界。前者是欲念的世界，因此有痛苦，有重重磨难；后者实无痛苦，另含一奇妙境界。此境界意义非凡，至少悦人耳目，对此境界的欣赏就产生了审美愉悦。

2

想象力隶属于意志，它之所以产生和存在，即是为意志或个人服务，这是它唯一的天职和常务。若个体意志能放任想象力片刻，使其暂免职责，全获自由，又不失充沛活力，或尽力发挥知觉能力，则想象将立刻变得完全客观，成为忠实反映客体的镜子，更确切地说，意志以想象为媒，客观化为或此或彼的客体，客体的核心本质借由想象呈现，知觉时间越久，呈现得越完全，直至知觉穷尽。有纯主体，才有纯客体，即意志在所知之物中的充分显现，这正是（柏拉图的）客体的理式。不过要有此觉知，思考客体时便须将客体在时空中的位置剥离出去，因此也就剥离了其个体性——正是这种恒受因果律支配的位置，使得客体与作为个体的我发生某种关系，因此只有将此位置与意志分离，客体才成为理式，我才因此成为纯粹的认识主体。正因为这样，一幅画将飞逝的瞬间永远固定下来，因而将其从时间中解救出来，它所展现的不是个体，而是理式，是变动中的不变因素。不过，这种假定的主体和客体的改变要实现，不仅需要将认识能力从原本的从属地位中解放出来，完全听命于自己，还需要认识能力保持最大程度的活力，尽管此时缺少自然激发其活动的东西，即意志的刺激。这正是为什么主体和客体难以改变，也很少改变。因为我们的所想所图，所闻所见，本质而言都直接或间接地服务于数不胜数、或大或小的个人目的，因此正是意志激发了认识能力充分发挥其功用，没有意志的激发，认识能力立刻减弱。此外，受意志激发而得的认识，对现实生活，甚至对各种科学门类，便已足够，因为各类科学都指向事物之间的关系，而不是本质和内在的存在。只要知识关乎因果，或关乎依据和结论，也就是说，属于自然科学和数学，或关乎历史和发明，所求之认识必为意志的目的；意志越是努力寻求认识，得到认识的速度越快。同样，在国家事务、战争、财政、商业以及种种谋划方面，意志必先运用其欲望的威力，驱使智力全力探求所考察问题的前因后果。此时意志的激发力如此巨大，能让智力超常发挥，实在惊人。

当觉知事物客观、本质的存在时，情况极为不同。事物客观、本质的存在构成事物（柏拉图式的）理式，也存在于一切美术成就之中。前一种情况，意志鼓动人去努力，意志与努力不可分离；后一种情况，意志毫不介入，只有智力依靠自力，用自己的方式自愿无偿展现它取得的成果。只有把意志及其目的从人身上彻底去掉，同时去掉人的个体性，具备纯粹认识的条件，纯客观的觉知才能出现，事物（柏拉图式的）理式才能被理解。然而，此觉知必先于概念，即最初的直觉认识。这一认识继而构成内在的质料及核心，它是真正艺术品、诗歌乃至真正哲学的灵魂。天才可遇而不可求的灵光闪现总是为人称道，正因为最初的艺术认识与意志完全分离，完全独立，是非意志的。

3

可以说，该审美的客观方面，即（柏拉图式的）理式，便是去除我们知识的形式条件和主观条件——时间以后呈现在我们面前的东西，正如去掉万花筒的镜片后呈现在眼前的东西。例如，我们看到蓓蕾长成花朵，然后结成果实，惊叹生生不息的动力。如果我们了解到，虽有上述生长变异，我们面前却有唯一不变的植物的理式，惊奇便会消失。不过，我们不能把植物的理式觉知为蓓蕾、花朵和果实的统一体，而只能通过时间形式加以了解。通过时间，智力把理式看作从蓓蕾到果实的一连串状态。

4

诗歌和造型艺术总以个别事物为主题，不厌其详地展现其独特性，甚至最无关紧要的细节也不放过。科学借概念而行，一劳永逸地将独特之处加以界定并描述，将其归为一类，每个概念都代表无数个体。考虑到这些，你也许会觉得艺术创作琐碎、微不足道，甚至幼稚。然而，艺术的特质在于，艺术以一代多，它对个体精描细摹，目的在于揭示个体所属种类的理式。因此，一件事，一个生活场景，经过准确充分的刻画，即通过对个体的细致描述，从某个侧面体察人性本身，从而产生对人性本身清晰深刻的认识。正像植物学家从万绿丛中撷取一朵花，加以分析，以便向我们展现植物的共同特点，诗人也从躁动纷繁、无休无止的生活中选择一个场景，有时仅是一种情绪或感觉，以便向我们展示生活和人性。正因为如此，我们看到，莎士比亚、歌德、拉斐尔、伦勃朗等大师不耻描摹单个、甚至不引人注意的事物。他们殚精竭虑，穷其根本，探幽发微，因为特殊、个别的事物只有变得显明才能把握。正因为如此，我把诗歌定义为一种用语言让想象动起来的艺术。

5

一件造型艺术品并不像实际事物一样，向我们展示昙花一现的东西，即构成具体事物和个别事物的特定质料与特定形式的结合，它向我们展示的仅仅是形式；若艺术品完整赅备，则向我们展示理式本身。因此，一看到画面，我们立刻离开个体事物，走向纯粹形式。形式与质料的分离是迈向理式的一大步，每件造型艺术品，无论绘画还是雕塑，都体现了这种分离。艺术品的美学目的在于让我们认识（柏拉图式的）理式，理式的特点就是形式与质料的脱离和分立。艺术品的本质是仅仅展现形式而不展现质料，并展现得鲜明了然。这正是为什么蜡像不能带来审美感受，因此也不是（美学意义上的）艺术品。制作精美的蜡像比最出色的画作或雕像显得真实得多，如果对现实的模仿是艺术的目的，蜡像可拔头筹。但蜡像展现的不仅仅是纯粹形式，还有质料，因此产生一种假象，好像原物就在眼前。真正的艺术品带我们远离那些昙花一现的东西，即个体，走向长存不变并不断重现的东西——纯粹形式或理式；但蜡像展现的似乎是个体本身，即昙花一现的东西，而不展现能为朝生暮死带来意义的东西。蜡像没有生命。唯其如此，蜡像勾起一种恐怖感——它仿佛一具僵尸。

6

我们年轻时的观感之所以重要，在人生的黎明，一切之所以像是沐浴着完美无缺的光辉，都是因为那时我们刚刚通过个别事物对类别开始熟悉，类别对我们还是新鲜事物，所以每个个体事物都代表其种类。在此我们掌握了种类的（柏拉图式的）理式，理式即是美的本质构成。

7

人的形体美丽与优雅合一，是意志客观化最高阶段的最显明形式，因此成为造型艺术的最高成就。另外，每个具体事物都是美的，因此每个动物也是美的。如果某些动物似乎不那么美，那是因为我们未能纯客观地看待它们，因此不能理解其理式。我们总不免有一些联想，通常是胡乱类比，阻碍了我们对动物之美的感受。例如，我们把猿同人类相比，不去把握猿的理式，而把猿看成夸张丑陋的人。蟾蜍与泥土的类比也产生同样的效果，虽然这不足以解释很多人看到这种动物为什么会感到极度厌恶，甚至感到惧怕和恐怖，就像另一些人看到蜘蛛一样——这似乎肇始于更深、更玄、更神秘的联系。

8

无机界若没有水，呈现不出生命的迹象，会给我们一种非常阴郁甚至压抑的印象，其中一例是土伦[1]附近的长峡谷，岩石荒凉，通往马赛之路从中穿过；但非洲的沙漠给人的印象则远为宏大和震撼。无机界给人的印象之所以悲凉，最主要是因为无机界全然受制于重力，而地心引力支配一切。相反，一看到草木，我们油然而生欣快之情，植被越是葱茏繁盛，越是自由生长，欣快之情便越强烈。最直接的原因是，植物似乎克服了地心引力，生长的方

1. 法国南部城市，濒地中海，是法国重要的军港。——译者注

向恰与被重力左右的物体相反，因而明确宣布：生命现象是更新更高级的事物等级。人类自身便是这种等级的一部分，生命现象是我们的本性所在，也是我们存在的要素，有了它我们便欣欣然。因此，看到植物世界，最让我们愉快的是植物垂直向上，树林中有杉木拔地而起，会让树林增色不少。相反，伐倒的树不能打动我们。

事实上，歪歪斜斜的大树产生的效果要远小于挺直的树。柳树枝条低垂，听命于地心引力，才得了“弱柳”的称号。水也是无生命的，但水流动性强，总是波光闪耀，很大程度上抵消了它产生的阴郁感觉。水流给人生命的感觉，此外，水也是我们生命的首要条件。

9

人谋生靠缪斯的恩赐，我是说诗才，对我来说，就像女子谋生靠美貌，两者都是亵渎自身天赋，换取卑劣好处，两者都易色衰力弛，蒙羞收场。别把诗神贬低为妓女。

10

音乐是真正的通用语言，无论哪里的人都能理解。因此，每个国家，每个时代，总有人热切而严肃地讲这门语言。一段意蕴丰厚的旋律很快能传遍全球，一段言之无物的旋律立刻销声匿迹，这说明，旋律的内容很容易理解。不过，音乐讲述的不是事物，而是纯粹的悲喜。悲与喜，对意志而言是唯一的真实。因此，虽然音乐不直接诉诸头脑，对心灵却有千言万语。要求音乐打动头脑是滥用音乐，画面音乐就是这样，因此总是遭到反对。即便海顿和贝多芬，也曾误入歧途，创作画面音乐，据我所知，莫扎特和罗西尼则从不这样做，因为表达激情和描绘事物是截然不同的两码事。

11

大歌剧算不上真正的纯艺术作品。相反，它堆砌各种方法，拼凑迥然不同的印象，以人数取胜强化效果，试图提高审美愉悦，可谓粗俗不堪。而音乐是最有力量的艺术，仅凭音乐本身就牢牢抓住敏锐的心灵。事实上，若要正确理解和欣赏音乐杰作，需要全神贯注，好把全部身心都交给音乐，涵泳其中，以便理解音乐那至为亲切的语言。与此相反，高度复杂的歌剧场面宏大，舞台绚丽，灯光和色彩缤纷生动，这一切都通过眼睛侵入观赏者的内心，同时头脑要兼顾剧情，这都让头脑变得散乱迷惑，注意力不能集中，因而对神圣、神秘、亲切的音乐语言感之甚少。这些附加的东西都与音乐目标的实现背道而驰。

严格说来，歌剧可谓不合音乐本质的发明，为不懂音乐的人而设——音乐首先得借助与之格格不入的媒介蒙混过关，如伴随一个冗长、老套、酸溜溜的爱情故事和打油诗。富有生气、言简意赅的诗歌与歌剧音乐长度不相匹配，因此对歌剧剧本毫无用处。

只有弥撒和交响乐才能带来专定完整的音乐享受，而在歌剧中，音乐不幸与无聊的戏剧及讽刺诗结伴而行，必须尽力承受本不属于它的负担。伟大的罗西尼在剧本中有时也失之尖刻，尖刻绝非音乐的特点。

大歌剧长达三个小时，让我们的感受力越来越麻木。一场琐碎的戏往往慢似蜗牛，考验我们的耐心。大歌剧总体而言，其本质就是沉闷。只有个人成就超强，才能弥补这一缺陷。这就是为什么在歌剧这种艺术形式中，只有上乘之作才令人赏心悦目，一切中等水平的作品都让人无法忍受。

12

戏剧是人类存在的最佳反映。总的说来，有三种理解戏剧的方式。第一阶段，也是最常见的阶段，戏剧限于趣味——我们关注剧中人物，因为他们在追求与我们类似的目标，情节靠谋划、角色性格和巧合来推动，全剧靠机智和幽默调节。第二阶段，戏剧诉诸情感——英雄引起我们的怜悯，我们从英雄身上看到自己，情节的特点是悲怆，最后复归平静释然。在悲剧力图达到的最高也是最难的阶段，呈现在我们眼前的是悲伤苦难，生活的不幸，最终的结果是挣扎的徒劳。我们深受触动，受到直接影响或感同身受，对生活产生厌离之情。

13

常言道：万事开头难，但在表演艺术中情况正好相反——结尾是最难的。无数戏剧前半部分让人充满期待，但到了恶名昭著的第四幕，就变得混乱、动摇、摇摆不定，结尾生硬、令人不满，或者是所有人早就想到的结局。有时候，就像《爱米丽娅·迦洛蒂》[1]一样，结局甚至让人生厌，观众满心沮丧地离开剧场。结尾的难度部分在于把水弄混总比弄清容易，也部分因为，在戏剧开头，我们允许剧作家自由发挥，但到了结尾我们则有了明确的要求。我们要求结尾要么大喜，要么大悲，但人情百态很难如此泾渭分明。我们进而要求结尾要自然，要公平，要水到渠成，但同时又要出乎观众的意料。

小说描绘的内在生活越多，外在生活越少，就越高级。这种关系应成为每种小说的标志，不管是《项狄传》还是粗俗野蛮、情节夸张的传奇。的确，《项狄传》没有情节，但《新爱洛绮丝》和《威廉·迈

---

1. 莱辛创作的悲剧。莱辛是德国启蒙运动的领军人物，也是歌德和席勒之前重要的剧作家。

斯特》[1]的情节又如何之少！甚至《堂吉诃德》的情节也很少，仅有的情节也无关紧要，和几个笑话差不多。这四部作品都是小说的巅峰之作。再想想让·保罗，他那些精彩的小说栩栩如生地描写了多少内在生活，对外在的依赖又何其少！即便是瓦尔特·司各特的小说对内在生活的重视也远远超过外在生活，后者无非作为背景出现，好让内在生活生动起来。而在拙劣的小说中，外在生活只为自身存在。艺术就是让内在生活尽可能地生动，因为内在生活才是我们真正的兴趣所在。小说家的任务不是叙述大事，而是让小事变得有趣。

1.《新爱洛绮丝》为卢梭所作，《威廉·迈斯特》为歌德所作。

论书籍与写作

1

作家可分为流星、行星和恒星三种。第一种效果短暂，你抬头凝望，叫声“看啊”，它们就永远消失了。第二种是行星，持续的时间要长得多。因为离得近，它们往往要比恒星更亮，无知的人误以为它们就是恒星。但它们必定也会迅速退场，何况它们的光亮是借来的，它们的影响仅限于同行者（同时代的人）。只有第三种始终不变，牢踞天宇，靠自身发亮，影响遍及各个时代。由于没有视差，它们的外观不会随着我们视角的改变而改变。与其他星体不同，它们不仅仅属于一个系统（国家），而是属于整个宇宙。正因为太高，它们的光线才需要那么多年才能到达地球人的眼睛。

2

作家总共分两种：一种不得不写，一种为写而写。前者有一些想法和经验，自觉需要与人分享；后者缺钱，他们写作的目的就是赚钱。他们思考是为了写作。你可以根据以下特点认出他们：他们竭尽全力把观点拖长，他们的观点半真半假、暧昧不清、做作多变，他们通常更爱暮色沉沉，以便蒙混过关。正因为这样，他们的作品既不精确也不清晰。你很快就会发现：他们写作仅仅是为了用字把纸填满。一旦看清这一点，你就会把他们的书扔到一边，因为时间宝贵。稿酬和版权实际上害了文学。只有不得不写，才能写出有价值的作品。金钱好像带有某种诅咒，只要一为报酬写作，任何作家都写不出好作品。最伟大的作家创作最杰出的作品时，都没有报酬或报酬极少。西班牙的一句谚语说得很妙：荣誉和金钱装不进同一个口袋。

大众有一种愚蠢的愿望——只读印出来的东

西，一大群拙劣的作家以此为生，他们叫作报刊作家。真是个好名字！英语中“报刊作家”的意思就是“日工”。

3

作家也可以分为以下三类。第一类作家写作但不思考，他们的写作素材取自记忆、回忆录，甚至直接取自别人的著作，此类作家人数最众。第二类作家边写作边思考，他们为了写作而思考，这样的作家很常见。第三种作家动笔之前先已思考，他们写作只是因为之前的思考，此类作家很罕见。

即便那些动笔之前已认真思考的少数作家，思考主题本身的人也少之又少，其他人思考的都是书，都是他人对主题说过什么。也就是说，得有他人的想法在旁边用力推一下，他们才能思考。于是这些想法成了他们直接的话题，因此他们总受别人影响，也就永远不能有创见。相反，上述少之又少的作家，他们思考是受到主题本身的触动，因此他们的思考紧紧围绕着主题。只有在他们当中才能找到生命力长久乃至不朽的作家。

作家所写直接出自自己的头脑，他的书才值得一读。

4

书无非是作者思想的记录。这些思想的价值或在质料，或在形式。质料是指作者的思考建立在什么之上，形式是指作者处理质料的方法，即对质料的思考是什么。

思考所由建立的质料多种多样，这是它赋予书籍的优点。一切经验的素材，即狭义或广义上符合历史或自然规律的事物，都属此类。质料的特征在于客体，因此一本书可以很重要而无论其作者为谁。

至于对质料的思考，其特征则在于主体。所写题目可能所有人都懂，所有人都熟悉，但这里带来价值的是理解质料所采取的形式，是思想的内容，这取决于主体。因此，这样的书如果值得称道、卓尔不群，其作者也是如此。因为这个原因，一个值得一读的作家得益于质料越少，甚或质料越为人熟知，越被广泛采用，该作家便越是伟大。因此，古希腊三大悲剧家都采用同样的质料。

一本书出名以后，你应该分清楚是因为其质料还是形式。

大众对质料远比对形式感兴趣。这种倾向表现在对待诗歌作品的荒诞态度上。他们费尽心机，四处搜罗触发作品创作的真实事件或个人经历，是的，他们对这些东西比对作品本身更感兴趣。因此，他们更多的是在读歌德其人而非其书，他们付出更多辛苦研究浮士德的传说而不是浮士德这个人物。毕尔格曾说："他们会一本正经地研究莱诺蕾到底是谁。"[1]我们看到，这句话再次在歌德身上应验了。重质料而轻形式，这就好比一个人看到美丽的伊特鲁里亚古瓮，只为对颜料和黏土作化学分析，对其造型和图案视而不见。

5

思想一经说出即丧失其实际生命，变为化石，就此死去，但也不可朽坏，就像史前动植物化石。

---

1. 毕尔格（1747—1794），诗人，其谣曲《莱诺蕾》是德语名篇，讲述少女莱诺蕾苦等情人，等来的却是装扮成她情人样子的魔鬼，带领她骑马奔向黑暗的坟墓。

一旦我们的思想付诸言辞，思想便不再代表我们的想法，或者说实际上变得不再重要。当思想开始为别人而存在，它就不再存于我们内心，就像婴儿有了自己的生命就脱离母体。

6

文学期刊应是一道水坝，挡住胡乱草就、汹涌而上、有害无益的当代书籍。期刊的判断应正直、明智、苛刻，应该无情地鞭挞一切无能之辈的拼凑之作，一切头脑空空、钱袋空空、凑字赚钱的行为——百分之九十的书都是这样写出来的。期刊应因此反对无病呻吟、欺世盗名，这是其职责所在。但恰恰相反，期刊却在助长这一切，对此听之任之，反倒与作者、出版商结成同盟，占有公众的时间和金钱。期刊撰稿人一般为教授或文人，他们工资不高或报酬微薄，因为目标一致，利益一致，他们联合起来，互相帮衬，彼此吹捧，这就是为什么文学期刊对坏书一片赞誉之声。他们的人生格言是：让自己活，也得让别人活！

匿名写作是一切文学无赖行为的保护伞，必须废除。文学期刊引入匿名写作的背景是，它能保护正直的批评家不被作者及其保护人的怒火所伤。但百倍于此的是，它的作用只是让评论家完全不负责任。若没有匿名写作，评论家将不能为自己的言行开脱。有些腐化堕落的评论家向公众推荐坏书，换取出版商的一点好处，这种可耻行径也就无所遁形。匿名写作仅仅掩盖评论家的含糊其辞、平庸少才和言之无物。一旦他们知道自己可以躲在暗处匿名写作而没有危险，他们就会变得难以置信的无耻和无赖。

卢梭曾在《新爱洛绮丝》的序言中写道："正直的人都会在作品上写下自己的名字。"一切正话均可反说。评论常为论战之作，情况要糟糕不知多少倍。

7

风格是思想的脸，比身体更少欺骗性。模仿他人的风格好比戴了面具，面具不管有多美，它都没有生命，很快就变得索然寡味，难以忍受。因此，最丑陋的活人的脸也胜过面具。

矫揉造作的风格好比做鬼脸。

8

要对一个作家的价值暂作评价，不必了解他思考了什么，以及他的思考建立在什么之上，因为那样就得读遍他所有的作品。第一步，了解他怎样思考就够了。作家的风格提供了一个确切的参照，可以了解他是怎样思考的，他思考的内在本质和总体风格是什么。因为风格解释了一个人全部思想的形式特点，不管他思考什么，思考建立在什么之上，形式特点都始终不变，这就好比塑造的人物虽然各异，但用来塑造的泥团却都是一样的。当有人问奥伊伦斯皮格尔[1]到下一个镇子还需要多长时间时，他的回答显然莫名其妙："走走看！"意思是说，要从提问人的步伐确定他在一定时间内能走多远。因此我读几页某位作家的书，就已多少知道我能从中得到什么。

好的风格的第一个标志是言之有物，实际上这也足以构成好的风格。

庸常之人言语乏味，也许是因为他们说话时不

1. 蒂尔·奥伊伦斯皮格尔是德国民间故事中的人物，是个机智、爱搞恶作剧的孩子。——译者注

够清醒，也就是说，不真正理解用词的意义，因为这些用语他们通盘照搬，所以他们组织在一起的是惯用语（老生常谈）而非一个个词语。正因为这样，他们的作品明显缺乏清晰的观点，因为他们的作品里没有构成清晰观点的东西，即明晰的个人思考。相反，我们看到的是一大堆含糊不清的词，现成的短语，陈腐的表达，还有时髦的措辞。这种暧昧的作品因此好比铅字磨损的印版。

从以上关于作品乏味的讨论可以推见，乏味总体而言有两种：客观的和主观的。客观上的乏味是因为没有提出问题，作者没有明确的观点或信息需要表达。因为如果有的话，他就会直接说出，从而处处给出清晰无误的概念，既不模棱两可，也不莫衷一是，更不含糊其辞，因此也就不会乏味。即便他的主导思想是错的，仍经过清楚的思考和审慎的考虑，即至少形式上是正确的，他的作品因此仍具有一定价值。相反，出于同样的原因，客观上乏味的作品一无是处。主观上的乏味则仅是相对的，其原因在于读者对论题缺少兴趣，当然这源于读者的局限。因此，最值得称道的作品从主观角度看可能是乏味的，即此读者或彼读者认为它乏味；相反，最差的作品从主观角度看可能是有趣的，因为此读者或彼读者对论题或作者感兴趣。

矫揉造作的作家好比一个人装扮起来，以免混同于大众，而绅士不管如何衣衫褴褛也不愿冒此风险。正像过分花哨、华而不实的着装暴露了普通人的身份，矫揉造作的风格也暴露了平庸的头脑。

不过，想让写作和说话一模一样，未免误入歧途。每种写作风格都应略带雅训，雅训实乃一切写作之源。说话像写文章，则显卖弄、晦涩；写文章像说话，一样遭人唾弃。

不论何时何地，晦涩和含混均是大敌，因为言语的含混绝大多数源自思想的含混，而思想的含混又来自思想本身的冲突和矛盾，进一步来自思想的虚假。头脑中如果有了真实的想法，头脑就会力求明晰，并能很快达到这个目标：经过清晰考虑的思想很容易找到适当的语言。一个人所能想的，总能用清晰易懂、明白晓畅的语言表达出来。措辞艰深、混乱暧昧的人并不真正知道自己要说什么，他们对要说的只有点朦胧的意识，还算不上一个想法。不过，他们也想对自己、对他人隐瞒他无话可说的事实。

真理是最为赤裸裸的，其表述越简洁，影响越深远。例如，关于人生之虚无，滔滔雄辩也没有约伯的话更有力量：“人为妇人所生，日子短少，多有患难。出来如花，又被割下；飞去如影，不能存留。”[1] 正因为此，歌德的质朴之诗远高于席勒的雕琢之作，这也是很多民歌影响巨大的原因所在。凡属冗余，皆为有害。

从事文学的男女，九成以上除了报纸什么也不读，因此他们的拼写、语法、文风完全取法报纸。因为报纸文字的简洁，他们甚至把报纸对语言的戕害视为短小精悍、措辞文雅、新奇精巧。事实上，才学不足的文学青年总的说来把报纸视为权威，仅仅因为报纸是印刷出来的东西。因此，国家应采取有力措施，确保报纸绝无文字差错。应该设立审查官，他不应领取工资，而应按挑出的错误取酬：发现一个草率使用或风格可憎的词，一个语法或句法错误，或者一个用错的介词，都领一个金路易；发现一处严重违反文风语法的地方，领三个金路易；若发现重复犯的错误，则报酬翻倍。所获报酬应由始作俑者承担。德语难道可以是随便什么人的玩物？甚至粪堆都受法律保护，难道德语就不应该？何其目光短浅！如果每个三流文人和报刊作家都可以任意妄为，不加节制，德语究竟会变成什么样子？

1.《约伯记》，14:1—2，此处译文引自《圣经》（新标准修订版简化字和合本）。

9

文学在衰落，古代语言被人淡忘，一种风格上的缺陷变得越来越普通，但只有在德国才大行其道，这便是主观性。作家认为，他的意思只要自己明白就行了，任由读者自生自灭。作者对读者的困难不予理会，自行其是，仿佛自说自话。而真正该有的是对话，甚至，说者因听不到听者的问题，须将自己的意思表述得更加清楚。出于这个原因，风格不应是主观的，而应是客观的。客观的风格是，词语的组织让读者只能被迫和作者进行完全一样的思考。但要实现这一点，作者须时刻牢记：思想也遵循重力法则——思想从头脑传递到纸上，要比从纸上传递到头脑容易得多，因此为了保证后一种传递，我们得为思想提供力所能及的援助。如若实现，词语将呈现纯客观的状态，就像一幅完成了的油画；而主观的风格其影响力无非像墙上的斑斑污点，仅当想象力碰巧被激发时，人们才能从污点中看出形状和图案，其他情况下它们只是污点而已。我们所讨论的这种区别适用于整体叙述模式，但通常也体现在个别段落。例如，我刚在一本新书中读到："我写作，不是为了让世上的书再多一本。”这和作家的意图完全相反，而且毫无意义。

10

草率动笔等于坦承作者并不看重自己的思想。只有坚信自己思想的分量和真实性，作家才能产生热情，才有不屈不挠的意念，去探索如何将思想表达得尽量精巧、有力和动人，就像我们只为圣物或无价艺术品使用金银制成的匣子。

11

像建筑师盖房那样写作的人少之又少。建筑师要事先画图纸，考虑到最小的细节；大多数人写作则像玩多米诺骨牌，他们把句子像骨牌一样一个个摆在一起，一半有意为之，一半无心使然。

12

写作艺术的基本原则是：一心不可二用；因此不能要求作家同时思考——更不必说同时表达——两个念头。但割裂句子，加上插入语，就是要求作家一心二用，这种做法导致不必要且荒谬的混乱。德国作家在这方面表现最差，原因可能是德语比其他语言更容易割裂，但这并不值得称道。没有一种语言读起来像法语那样悦耳晓畅，因为法语通常没有这样的缺陷。法国作家注意写下自己的想法，排列顺序最为合理、自然，因此读者对每个想法都心无旁骛。相反，德国作家让想法彼此交错，句子套句子再套句子，因为他们坚持要一下子说六件事，而不是逐一把六件事说完。

德国人真正的民族性格是蠢重[1]，清楚地表现在他们的步态、行为、语言、言辞、叙述方式、理解方式和思考方式上，尤其表现在写作风格上，表现为乐此不疲地使用笨重复杂的长句，读者得花足足五分钟记住这些句子，得在孤立无援时保持耐心，直

1. 德语 Schwerfälligkeit 有沉重、笨拙、缓慢、丑陋、蠢重等多重意思。

到句子结尾才真相大白。这就是德国人欣赏的东西，如果文章同时矫揉造作、夸大其词，作者就会喜不自胜。但上天站在读者一边。

一个想法与另一个想法像十字架一样交叉，这样做明显有悖常理，但作家就是这么做的：一件事刚起头便，立刻打断，在句子中间又说迥然不同的另一件事，留下没有意义的半个句子让读者思量，直到下半句出现，这就好像递给客人一个空盘子，让他去猜盘子里会出现什么。

这种大煞风景的造句方式的登峰造极之处在于，有时插入语并非句子的有机部分，而是生硬嵌入，造成刺目的断裂。如果说打断别人说话是失礼，那打断自己说话也同样失礼。出现这种遣词造句的方式已有多年。现在，所有胡涂乱写、一心想着报酬的作家每一页都要打断自己六次，并以此为乐。理无例不明——他们的做法就是拆散一个短语，以便插入另一个短语。他们这样做不仅出于懒惰，也由于愚蠢，他们以为这样可以使文笔生动、摇曳生姿。除极个别的例外，这种做法不可原谅。

13

读作家的作品，并不能学会任何文学手法，如说服力强、想象丰富、譬喻巧妙、文笔流畅、文风峻厉、言辞简明、优美雅致、表现力强、机智风趣、对比鲜明、惜字如金、朴实稚拙。但若你已掌握这些手法，已有此倾向和潜质，通过阅读，使已有的手法得以加强，我们知道如何运用，更愿乃至更有勇气调动这些手法，评价其得失，因而学会如何正确运用。这时我们才真正掌握这些手法。这是通过阅读学习写作的唯一方法，借此我们知道我们如何利用自己的天赋。如果我们不具备这些素养，我们从阅读中学到的只有冰冷僵死的套路，成为肤浅的模仿者。

14

地层中保留着过去时代的生物谱系，同样，图书馆的书架上也保留着过去时代的谬误谱系及其说明。像古生物一样，这些谬误曾一度光鲜，名噪一时，但现在已僵化固定，只有古生物学家才加以关注。

15

根据希罗多德的记载，薛西斯一世看到自己的大军，想到众人当中没有一个能活过一百年，不禁落泪。看到汗牛充栋的书籍，没有一本能活过十年，谁又能不潸然泪下？

16

不读书的诀窍十分重要，要点在于，对那些红极一时的书要不去理会。有些宣扬政治或宗教的小册子，或者小说和诗歌，造成很大的轰动，这时应该记住：为蠢人写作总不乏读者。读书的前提是读好书，不读坏书，因为人生苦短。

17

买书是件好事，如果同时能买到读书时间的话。但人们通常误以为，买了书就等于拥有了书的内容。

18

就世界史而言，50 年是相当长的时间，因为世界的质料一直在变，总有新事发生。就文学史而言，50 年微不足道，因为什么也没发生，事情还是 50 年前的样子。

与事物的这种状态相适应，科学、文学和艺术的时代风气大约每 30 年就瓦解一次，因为期间谬误发展壮大，愈益荒谬，时代风气终于不堪其负；与此同时，相反意见也因谬误而加强。于是乃有突变，但继之而来的常为相反的错误。展现事物状态的阶段性重复应是文学史真正应该研究的内容。

我希望有一天有人尝试写一部文学的悲剧性历史，表现各国在其引以为荣的伟大作家和艺术家尚在人世时是如何对待他们的。这部文学史中，作者应该呈现给我们的是：任何国家，任何时代，善与真如何忍受恶与假的统治；每一位真正开启人类心智的人，每一个艺术大师，几乎都成了殉难者；除了极少例外，他们饱受折磨，贫穷凄惨，不被承认，无人同情，无人追随，无能之辈却名利双收；他们的命运就像《圣经》中的以扫，在出门狩猎、为父亲打野味时被雅各骗走了长子的继承权；尽管如此，他们对事业的热爱支撑他们继续艰苦的斗争，直到教导人类的使命终于完成，永不凋谢的桂冠向他们伸手召唤，钟声敲响，宣布光荣的时刻：

沉重的铠甲变作孩童的轻装，
痛苦短暂，欢乐绵长。